시들어 버리는 것까지 꽃이라고

시들어
버리는 것까지
꽃이라고

황지현
에세이

차
례

II 내가
삶을 너무나
사랑해서

III 아스라이
멀어지는
이름에게

IV   우리가
아름답던
찰나에

아름답게
시들기
위하여

살다 보면 누구에게나 받아들이고 싶은 일과 받아들이고 싶지 않은 일이 생긴다. 원하지 않는 고통을 겪게 되지만 그것들 앞에서 할 수 있는 건 그저 받아들이는 것뿐이다. 받아들여야 하는 것을 거부했을 때 그것은 더 큰 고통이 되어 돌아왔다. 어떻게 하면 고통스럽지 않을 수 있을까? 나는 어떻게 해야 삶 속의 고통을 피해 갈 수 있을지 모색했다. 그러나 애초에 잘못된 질문이었음을 깨달았다. 살면서 고통스러운 일과 마주하지 않을 수는 없었다. 이것은 마치 배를 타고 항해하면서 몸에 물이 튀기지 않기를 바라는 마음과 다를 바 없었다.

마침 밖에 비가 내렸다. 우산을 쓰고 밖으로 나갔다. 추적추적 내리는 비. 발밑을 내려다보니 신발에 물이 튀고 있었다. 그 광경이 그리 달갑진 않았다. 그때 발끝 언저리에 피어 있던 꽃 하나가 눈에 들어왔다. 빗물에 흠뻑 젖은 꽃을 보니 무언가 느껴졌다. 직접 내게 말을 하진 않지만 빗방울에 반짝이는 온몸으로 보여 주고 있었다. 그리고 나는 어렴풋이 느꼈다. 저에게 주어진 세상을 온몸으로 받아들이고 있는 고귀한 자세를.

작은 봉오리에서 꽃이 만개되고, 그 만개된 것은 잎이 바짝 말라 결국 땅으로 떨어진다. 우리에게 비유한다면 출생부터 죽음까지의 삶이다. 우리는 우리의 생기 넘치던 꽃잎의 수분이 점점 메말라 가는 것을 보기 두려워한다. 퍽퍽 말라 주름이 생기는 것은 젊음을 상실한 것이며, 좋았던 청춘은 다 가버렸다고 여기면서 세월을 거부한다. 거부하는 것은 결국 더 큰 고통이 되어 돌아온다. 시간이 흘러가는 이 세상 자체가 고통으로 여겨지고 만다. 그럴 땐 작고 아름다운 꽃을 보면 된다. 비단 활짝 핀 것만이 꽃이 아니라 잎이 시들어 가는 과정도, 땅 위로 조용히 떨어지는 모습까지도 전부 꽃의 일부라며 보여 주고 있으니 말이다.

나는 저 말 없는 작은 생명에게 위안을 받는다. 무언의 생명이 내게 앞으로 어떻게 저물어야 하는지 일컬어 준다. 내 삶을 부정할 필요 없다고, 주어지는 모든 삶을 고귀하게 받아들이는 것이 가장 올바르게 시드는 모습임을 배운다. 그리고 그 올바른 모습은 가장 아름답다고. 사람이 모든 생을 끝내고 눈을 감을 때면, 아무런 근심 걱정 없는 평온한 표정을 짓는다고 한다. 그러나 나는 삶을 살아가면서도 평온한 표정을 지을 수 있기를 소망한다. 그 평온한 마음과 표정을 짓기 위해 앞으로 어떻게 시들어 갈 것인지 글로 담아 보려 한다.

이 책을 읽고 난 후 마지막 책장을 덮을 때, 모든 이가 평온한 표정을 짓기를. 그리고 그 근심 없는 얼굴로 앞으로의 세상을 고귀하게 살아가기를 바란다.

I

힘내라는

　　말조차도

무거울까 봐

눈 딱 감고 낙하

　무언가 시작하기 두려워 아무것에도 도전하지 못한다면 일평생 걸어 다니는 새가 되기를 자초하는 것이 아닐까. 어린 새들은 엄마 새가 절벽에서 밀어 떨어트리면 그 떨어지는 순간에 나는 법을 배운다고 한다. 낙하의 두려움이 날갯짓을 하게 만들어, 나는 법을 배우는 것이다. 새로움 앞에 두려워하고 있다면 오히려 아무 생각하지 말고 내 온몸을 던져 보는 건 어떨까. 그대로 바닥에 떨어지는 게 두려워 살려고 발버둥 치는 나의 날갯짓이 용勇을 힘입어 훨훨 날 수 있을지도 모를 일이니까.

자연스레 녹는 얼음

밤사이에 눈이 조금 내렸나 보다. 차 앞 유리 위에 하얀 여름 이불 한 포가 얇게 덮여 있다. 이게 뭉쳐질까 싶어 여기저기 손바닥으로 가득 쓸어 모은 후 꾹꾹 눌러 담아 보았는데 용케도 작은 눈덩이가 만들어졌다. 가만히 두었으면 아마 내일쯤 사르르 녹아 없어졌을 얼음 결정들이 지금 주먹만 한 크기를 하고 있다. 이렇게 가만히 두면 아마 제 스스로 녹는 데도 꽤나 시간이 걸릴 것이다. 걱정이라는 감정은 창문 위에 얇게 쌓인 얼음 결정과 비슷하다. 가만히 두면 결국은 알아서 녹아 사라질 것들. 그러나 자꾸 끌어모으면 모을수록 이리저리 굴러다니면서 몸집을 더 크게 부풀린다. 결국은 더욱 단단해져 맞으면 아플 지경까지 다다른다. 커져서 좋을 것 없는 감정들을 굳이 여기저기서 한데 끌어모아 단단하게 굳힐 필요는 없다. 너무 애쓰지 않아도 내일쯤이면, 아니 어쩌면 조금 더 이르게 걱정이 사르르 녹아 흐를 수도 있으니까 말이다. 여기에 눈이 내렸던가 싶을 정도로 그 자리엔 맑은 빛이 비칠 것이다.

15

변화

변화를 두려워하는 건 삶을 고립 속으로 밀어내는 일과도 같다. 세상에 변화하지 않는 것은 아무것도 없다. 그 자리 그대로 있어 보이는 것들도 가까이 다가가 면밀히 들여다보면, 자기 자리를 지키며 변화하고 있다. 누구나 불안정한 삶보단 안정적인 삶을 추구하지만 바뀐다는 건 안정적인 상태를 벗어나는 듯 느껴져서 결코 달갑지 않다. 당신은 안정적인 상태인가? 스스로를 면밀히 들여다보면 그다지 안정적이지 않음을 안다. 그저 이 상태에 익숙해졌을 뿐이다. 변화라는 건 불안정한 상황을 추구하는 것이 아니다. 그런 것을 즐기는 사람은 없다. 내가 지금 이 상황에 익숙해진 것처럼, 내가 익숙해질 상황을 늘려가는 것이다. 그렇게 내 삶의 범위를 한 치수 늘려가는 것이다. 변화 없는 삶은 좁은 곳에서의 고립이다. 그러니 변화하라. 세상을 넓게 늘려 보라.

밧줄

코끼리가 새끼일 때 발목에 하얀 밧줄을 묶어서 기둥에 매어 놓는다. 아직 어리기 때문에 아무리 발버둥 쳐도 그 밧줄에서 벗어날 수 없다는 걸 알게 된다. 그 어린 코끼리가 다 자라서 나무를 뿌리째 뽑을 수 있는 힘을 가지게 되더라도 발목에 하얀 밧줄을 묶어 기둥에 매어 놓으면 달아나려는 시도조차 하지 않는다. 이는 학습된 무기력에 관한 유명한 실험이다. 자신에게 처했던 상황이 보이지 않는 투명한 벽이 되어, 나중에는 그런 상황에 처하지 않았음에도 당연히 넘어설 생각조차 갖지 못하게 되는 것. 자신의 한계를 설정해 버리는 일. 그리고 정해진 한계 안에서만 도전하고 만족해 버린다. 사실은 더 다양한 만족감이 세상에 존재하는데 말이다. 내가 넘을 수 없는 벽이라고 생각하는 것들은 어쩌면 어렸던 코끼리 발목에 묶인 하얀 밧줄 같은 게 아닐까. 나도 비슷한 시절 느꼈던 한계. 이제는 충분히 도전해 볼 수 있는 일임에도 시도할 생각조차 갖지 못한다는 건 조금 슬픈 일이다. 어린 시절 아픔으로 남아 있는 밧줄을 이제 끊을 때가 왔다. 학습된 무기력은 또다시 새로운 학습을 통해 기력으로 바꿀 수 있다. 중요한 건 나의 정신이다. 나를 묶어 두었던 건 밧줄이 아니라 나의 생각이다. 생각을 바꾸자. 보이지 않는 정신의 벽, 저 밖을 향해 발을 내디디면 자유롭게 대지를 뛰어다닐 수 있으리라.

그저 다르게 불리는 것들

　　누군가에게 선물을 주는 행동은 상대방을 기쁘게 하기 위해서라는 그 목적이 분명하다. 상대를 기쁘게 해 줌으로써 자신도 기쁨을 느낀다. 우리의 행동들 하나하나를 살펴보면 그 모든 것의 시작점은 행복이 아닐까 싶다. 취미를 갖는 것을 스트레스 풀기 위해서라고 말할지 몰라도, 스트레스를 풂으로써 행복에 조금 더 도달하고, 자신의 분야에서 열심히 노력해서 성취감을 느끼는 것도 사실상 그 성취감이 나를 행복으로 도달해 주기 때문이다. 해소, 성취, 보람 등 사람이 느끼는 모든 감정을 세세하게 나누어 각기 다른 이름들을 붙어넣는다. 그리고 그 행위는 목적이라 불린다. 사실 가장 높은 곳에서 바라보면 각각의 목적은 모두 행복이라는 것을 향해 한 발자국 다가서는 모습이다. 우리의 행동에 있어 목적 없는 행위는 존재하지 않으며, 결국은 각자의 행복을 위해 움직이며 산다. 가끔 내가 하는 일에 회의감이 든다거나 내가 어떻게 해야 행복할 수 있을까, 라는 의문이 들 때, 그 행복을 찾아가는 길은 전혀 어려운 것이 아님을 알아야 한다. 사람마다 다른 이름으로 불리어 정의되지 않을 뿐, 고요함도 시끄러움도 성취도 해소도 사실 모두 행복이다. 나에게 행복은 어떠한 이름들을 가지고 있는지 알아낸다면, 복잡하고 어려운 술래잡기는 더 이상 필요 없다.

무시

나는 어느 순간부터 무시를 잘하게 되었다. 해명할 가치가 없다는 걸 깨달은 뒤였다. 누군가 사실이 아닌 일로 나를 비난하는 건 어렸을 적부터 잦게 경험했다. 하지만 내게 중요한 것은, 어떤 내용의 비난이든 나 자신이 스스로 당당하고 그런 행동을 하지 않았다는 사실뿐이었다. 그것들에 매달리거나 혹은 쫓아다니며 그것이 사실이 아니라고 변명할 필요는 없다고 생각했다. 누군가 모난 마음으로 빚어내어 내뱉은 말들에 대롱대롱 매달려지고 싶진 않았다. 그렇게 사는 동안 허비될 내 시간과 소진되어 버릴 내 감정이 더욱 중요했다. 항상 좋은 말만 들으며 살 수는 없다. 다르게 말하면, 안 좋은 말을 들을 때마다 가슴에 새길 필요가 없다. '무시' 하는 것은 말처럼 쉽지도 않고 마음대로 되는 것도 아니다. 분명히 사실이 아닌 것을 꼭 밝힐 필요가 있다면 그것은 다수가 모인 자리에서 한 번 정도면 충분하다. 몇 번이고 사실을 말하더라도 내게 마음이 가까웠던 사람이었다면 나를 믿어 줄 테고, 내게 멀리 떨어져 있던 마음이라면 영원히 부정할 것이니. 그러니 무시할 필요가

21

있는 것들은 과감히 무시하자. 쓸모없는 비난이 내 삶에 큰 영향을 끼치게 허락하지 말자. '무시'의 훈련이 잘된 사람들은 자연스럽게 감정을 낭비할 시간도 줄어들 것이다. 결국 마음도 훈련이다. 마음이 좀 더 단단하게 성장하는 방법은, 자신의 일상에 집중하여 변함없이 자기 일을 해 나가는 것이다.

다녀왔습니다

이른 봄이 되면 날씨도 만끽하고 경치도 즐길 겸 다들 등산에 취미를 갖는다. 산을 가는 건 좋아하지만 꼭대기까지 등반하는 건 조금 힘들다. 누군가에겐 정상에 도달하는 것이 등산의 본질적인 목적이겠지만, 누군가에겐 산 정상에 달하는 것만이 등산의 목적은 아닐 수 있다. 나는 울창한 나무들에 둘러싸인 상태로 올라가는 그 몇 시간 동안 천천히 걷는 것을 좋아한다. 그 안에서 온전히 자연에서만 느낄 수 있는 감각들을 받아들이려고 한다. 걸을 때마다 밟히는 나뭇잎과 풀들의 마찰 소리. 저 멀리 어디선가 울려 퍼지는 맑은 지저귐. 무성한 가지들 사이로 빼꼼히 머리를 내민 채 낮잠이 든 꽃봉오리들. 느린 듯 빠른 듯 한 곳을 향해 이동하는 흰 구름까지. 그것들에 둘러싸여 두 눈과 온 마음으로 자연과 하나 됨을 느끼고 나면 산 정상에 도착해 깃발을 꽂은 것 같은 성취감이 마구 차오른다. 꼭대기에 도달하진 않았더라도 마음속 어딘가에 깃발을 꽂았기에 다시 하산하기 충분하다. 무언가를 하는 행위에는 각자만의 목표와 성취감이 있다. 따라서 중간 정도 올라갔다가 내려오거나, 정점을 찍고 오거나, 반을 빙 둘러 가더라도 등산을 했다고 말할 수 있지 않을까. 성공하고 명예로운 삶만이 좋은 인생을 살고 있다고 단언할 수 없듯이, 한쪽에서 누군가가 정상에 도달하지 않으면 등산이 아니라며 소리치더라도 그저 각자의 방식대로 각자의 만족감대로 각자의 경험을 만들어 내면서 그렇게 삶이라는 산을 등반하면 된다.

마지막을 위해

후회 없는 삶을 위해 내 인생의 마지막을 생각해 보았다. 어떻게 하면 최대한의 만족을 안은 채 삶을 마감할 수 있을까. 3일 뒤 삶이 끝난다면 당신은 무엇을 할 것인가? 좋아하는 사람에게 숨겨 놓은 마음을 전달해 보고 싶다. 아니면 상처 준 사람에게 미안한 마음을 담아 사과를 빌어 마지막 용서라도 구해 보고 싶다거나, 꼭 가 보고 싶었던 장소에 시간 내 가 보고 싶다. 마지막이라고 생각하면 차마 못 하고 저만치 미뤄 두었던 일들이 물밀듯 쏟아진다. 이것은 죽음을 특별하게 대하는 것일까. 끝나는 게 무어라고 용기가 솟구치는지. 이건 용기가 아니다. 그저 비겁하고도 나약한 마음이다. 우리는 죽음을 겁내지 않는다. 오히려 살아 있는 시간을 더 무서워하는 것일지도 모르겠다. 곧 죽을 사람이든 앞으로 살 사람이든 모든 행동은 같은 의미를 가지고 있다. 그러나 행동하지 못하는 이유는 앞으로도 살아 있음을 생각하면, 펼쳐진 시간 앞에서 스스로 작아지기 때문이다. 죽음을 생각하면 못 할 게 없는 이유는 더 이상 행동할 시간이 존재하지 않을 것을 알기 때문이다. 하지만 이는 잘못되었다. 시간은 무서운 게 아니다. 우리에게 한 달의 시간이 남았대도 일주일의 시간이 남았대도 비록 내일밖에 없다 하더라도 모든 날은 같다. 모든 시간은 같다. 다른 것은 이 마음가짐이다. 내 삶을 시간에 맞출 수는 없으며, 시간 또한 내 삶에 맞춰 움직여 주지 않는다. 그러니 오늘의 나를 위해, 우리를 위해 살아야 한다는 마음가짐을 가지자. 언제나 한결같은 태도로 시간을 대해야 한다. 오늘이 마지막 날인 것처럼. 내일이 찾아오면 내일도 마지막 날인 것처럼. 그게 후회 없는 삶을 위해 내 인생에게 해 줄 수 있는 것이다. 언제나 사랑하는 마음을 고백하고, 미안한 마음을 사죄하고, 먹고 싶던 만찬을 저녁 식사로 즐기는 것. 결코 펼쳐진 시간 앞에서 작아지지 않는다. 매일을 만족스럽게 살다 보면 어쩌다 찾아올 마지막 날까지 우리는 만족스럽게 보낼 수 있을 테니까.

마음 쌓기

벽돌을 쌓을 때 그 사이를 빈틈없이 메꿔야지 마음이 편하다. 그렇게 빈틈없이 빼곡하게 쌓은 벽돌들은 높디높은 성을 이룬다. 겉으로 보기에 정교한 건물은 완벽에서 나오는 아름다움을 선사해 준다. 절로 감탄을 자아내게끔 만든다. 그러나 정말 잘 지은 건축물은 사이사이 틈을 주어 만든다고 한다. 벽돌을 빈틈없이 쌓으면, 충격이 왔을 때 건물이 그대로 흡수해서 도리어 쉽게 무너진다. 사이사이의 빈틈은 충격을 감소시켜 주는 역할을 한다. 마음과 마음 사이사이에도 빈틈을 만들어 놔야겠다. 아름다워 보이는 겉모습은 중요하지 않을지 모른다. 이곳은 내가 사는 공간이니까 나를 잘 지켜 줄 수 있어야 한다. 완벽해지고 싶은 욕심에 마음을 빼곡히 채워 쓰다 보면, 작은 충격에도 와르르 무너질 테니 이제는 고통이 와도 적당히 흡수할 수 있게 조금의 여유를 둬야겠다. 그렇게 다시 쌓아 보자.

자취

지나간 시간에 한 일을 후회하지 않는다. 내가 한 행동을 후회한다는 것은 나를 부정하는 일이다. 우리는 시간을 밟고 언제나 나아가는 기로에 놓여 있다. 어떤 선택이 조금 더 나은 길인지는 시간을 밟고 저 먼 곳까지 간 후에 뒤돌아보아야 알 수 있다. 그때 그곳에 가서 지나온 시간을 후회하는 것은 나의 발자취를 부정하는 일이다. 지나온 길이 다소 삐뚤빼뚤해 보여도 괜찮다. 남들이 가지 않은 곳을 혼자 지나왔더라도 괜찮다. 엉뚱한 곳에서 머무르며 시간을 보내는 것도 괜찮다. 그 또한 삶을 살아가고 있는 일이다. 그러니 후회할 짓을 하지 않기보단, 이미 한 일을 후회하지 않기. 삶이 못나 보인다고 버리지 말고, 지나온 모든 날을 소중하게 다루기.

타인의 삶

살면서 '저 사람으로 살아보고 싶다.'라는 생각을 단 한 번이라도 안 해 본 사람이 있을까. 왜 우리는 내가 아닌 다른 사람으로 살아 보고 싶다는 생각을 할까. 아마도 그 사람의 인생이 내 것보다 좋아 보여서일 것이다. 아니면 단순히, 내 삶은 살아 봤으니 다른 사람으로 살아 보고 싶은 것일 수도 있고. 만약 누군가 나에게 한 번 더 인생을 살 수 있는 기회를 줄 테니 살아 보겠냐고 의사를 묻는다면 과연 나는 그러겠다고 대답할 수 있을까. 내가 살아온 순간 중, 넘어지고 상처받고 힘들었던 일들도 고스란히 다시 겪어야 할 텐데. 아마 다른 사람으로 태어나는 것을 먼저 떠올리지 않을까 싶다. 그런데 어차피 한 번 더 사는 거면 다른 사람이 아니라 그냥 나 자신으로 다시 사는 게 수월한 것이 아닐까. 나는 이미 내 삶을 경험해 봤으니 말이다. 어쩌면 아는 길이 더 편하다, 라는 생각이 더 단순한 것처럼. 내가 아닌 남의 삶에 대한 궁금증. 이것은 비단 나만이 아닌 우리 모두가 갖고 있는 내밀한 호기심이다. 나보다 사는 게 즐거워 보이고, 잘나 보이고, 흥미로워 보이는 그런 사람. 그런 사람으로 한번 살아 보고 싶다는 생각은 나도 하고, 너도 한다. 우리가 부러워하는 사람이라고 그런 생각을 하지 않을까? 누구나 다 한다. 그렇다면 나도, 너도, 다른 사람들도 다 비슷비슷하게 살고 있다는 뜻 아닌가. 우리 모두 거기서 거기라는 이야기. 사람이 사는 모습은 결국 다 똑같다는 이야기다. 다른 사람의 삶이라고 더 특별하지도, 더 행복하지도 않다. 내가 그 사람이 된 후에도, 또 다른 누군가를 부러워하지 않을 거라는 보장이 없다. 알 수 없는 노릇이다. 누군가에게 심각한 고민이 있을지언정 결국 세상에서 제일 심각한 건 내 고민이다. 각자의 머리 위에 바위가 떠 있다고 가정했을 때, 내 머리 위에 바위가 언제 떨어져 나를 어떻게 짓누를지 여간 걱정되는 게 아니다. 서로 같은 크기의 바위를 머리 위에 띄워 놓아도 결국 내 시선으로 봤을 때, 그 바위는 내 것보다 작아 보인다. 당연히 누구나 본인의 짐이 제일 크고 무겁게 느껴질 수밖에 없다. 우리가 '다른 사람으로 살아 보고 싶다.'라고 생각하는 이유는 아마도 이 때문이 아닐까 싶다. 내 삶을 짓누르는 바위보다 다른 사람의 삶을 짓누르는 바위가 더 작아 보이니까. 하지만 굳이 다른 사람으로 살아 보지 않아도 결과는 알 수 있다. 내가 남이 되는 순간 결국 그 삶 또한 내가 될 테니 말이다.

타이밍

모든 상황에 좋은 타이밍이 있다는 건 분명하다. 그때를 노력으로 맞춰 낼 수도 있지만, 사실 모든 상황이 지나고 봐야 알 수 있는 경우가 더 많다. 마치 타자가 좋은 타이밍에 야구공을 쳐 내야 하는 것처럼 반복되는 상황이라면 계속된 연습으로 가장 좋은 타이밍을 찾아낼 수도 있다. 하지만 삶은 야구 경기처럼 반복되는 것이 아니기에 그 지점을 찾기가 힘들다. 살아가는 동안 만나는 모든 사람과, 사랑과, 상황이 대부분 비슷하긴 하지만 그 속은 너무나도 다르며, 매일 반복되는 일상 같지만 그 또한 같은 날 하나 없다. 새롭고 처음인 것들 속에서 가장 좋은 타이밍을 알기란 참 어렵다. 잘하고 싶은 일이 생각대로 잘 풀리지 않을 때, 잘해 보고 싶은 누군가와 마음이 잘 맞지 않을 때, 내가 좀 더 잘할 수 있지 않았을까, 라는 자책이 자주 스쳐 지나간다. 하지만 내가 생각한 좋은 시기에 공을 쳐 낸 행동보다 더 잘할 수는 없다. 나머지는 내가 아닌, 공을 던지는 투수와 그날의 날씨, 컨디션 등의 상황에 따라 달라지는 것이니까. 타이밍이란 나 혼자만의 노력이 아닌, 주변의 상황들도 함께 도와 우연히 완성되는 것이기 때문에 문득 자책이 들 땐 내가 더 잘하지 못한 게 아니라 다른 우연들과 안 맞아서 그랬겠거니, 생각한다.

땅에서 발을 떼는 용기

　　반려견과 주인이 함께 나와 장애물을 넘는 어질리티Agility 경기 영상을 본 적이 있다. 사람의 허리까지 오는 대형견들도 있었지만 웰시코기나 푸들같이 작은 개들도 경기를 뛰었다. 눈앞의 허들을 전력 질주로 훌쩍 넘는 모습을 보니 그 아이들에게 경의를 표하지 않을 수 없었다. 사람의 시선에서야 대단하지 않아 보일 수도 있겠지만, 녀석들의 시선에서는 제 키보다 훨씬 높을 텐데, 살짝이라도 주춤하는 순간 바로 걸려 넘어지게 될 텐데. 넘어짐에 대한 두려움이 없는 걸까? 호기심이 생겨서 관련된 영상들을 찾아보니 겁이 없는 게 아니었다. 달리다가 허들 앞에서 멈칫하거나 빙 둘러 다른 곳으로 가는 녀석도 있었다. 그리고 허들을 넘다가 자빠지는 녀석까지. 이 아이들은 넘어지는 위험과 두려움을 알면서도 뛰는 것이었다. 마음속 겁 때문에 뛰어 보지도 못하던 일들이 생각났다. 그건 너무 안타까운 일이다. 사실 공중으로 내딛고 나면 그 뒤는 알아서 벌어진다. 필요한 건 땅에서 발이 떨어지는 그 순간의 용기이다. 그 뒤에 비록 걸려서 넘어졌더라도, 앞으론 얼마나 더 힘을 돋우어야 넘을 수 있는지 배우게 된다. 현재는 아무런 고통이 없다. 그 고통에 대한 상상과 두려움이 뛰려는 발목을 붙잡을 뿐이다. 넘어진다는 것은 그저 두려움에서 시작된 상상일 뿐이다. 저 허들 너머의 세상은 알 수 없다. 이제는 '실패는 성공의 어머니'라는 격언을 다르게 말할 필요가 있다. '용기는 성공의 어머니'라고. 넘어져야만 배울 수 있는 게 아니다. 우선 땅에서 발을 박차는 용기에서 모든 것이 시작된다. 시작이 없으면 배우는 것도 없이 끝나게 되니까. 그러니 뒷일은 아무래도 괜찮다. 해맑은 표정으로 자신 있게 허들을 뛰어넘는 저 작은 강아지처럼 높이 날 수 있게 될 거다.

신념

눈으로 볼 수 없는 것들에 대한 이야기를 좋아한다. 귀신이라든지, 아득한 심해나 저 어딘가의 우주 혹은 고대 생물 같은 것들. 눈으로 직접 볼 수 없기에 상상하기 좋다. 아무도 확실하게 단정 짓지 못하기 때문에 가상의 진실을 만들어 본다. 종교도 비슷하다. 사실이 아닌 믿음으로, 마음으로 만들어진 것이다. 믿음을 가진 사람들은 그 믿음이라는 마음 하나만으로 삶의 악惡 속에서도 버텨낼 수 있으며, 진정한 무無의 삶으로 행복하기도 하며, 어느 때나 무한한 사랑과 용기를 지니기도 한다. 실제로 신실된 것을 믿는 게 아니다. 자신이 믿음으로써 진실이 된다. 그 믿음은 누군가 강요할 수 없으며 스스로의 신념을 가지면 완성되는 것이다. 나는 내가 악에서 버텨 내야 할 때, 사랑으로, 용기로 이겨 나가야 할 때마다 나 자신을 하나의 종교로 만든다. 나만의 믿음을 만들어 그것을 굳게 믿고, 절대적으로 할 수 있다고 말한다. 대부분의 종교는 단체로 이루어져 있지만 나라는 종교는 내 안에 있어 누구도 입회할 수 없다. 내 마음을 눈으로 볼 수 없어서 좋다. 확실하게 정해진 것도 없고, 단정 지을 수 있는 것도 없어서 내가 믿고 싶은 가상의 진실을 만들어서 믿으면 된다. 힘들 때도, 포기하고 싶을 때도, 용기가 필요할 때도 내게 필요한 건 오로지 나를 믿는 것뿐이다. 이 신념을 가진다면 극복하지 못할 게 없다. 누군가는 착각이라고 말할지 모른다. 하지만 믿음은 결국 행동으로, 눈으로 보이게 만든다. 그러니 자신을 굳게 믿고 행동으로 드러내기를.

현재

    나의 지금 이 순간을 알고 싶다. 그래서 나의 이 순간을 다 지나 본 사람들의 말을 찾아 듣는다. 그들은 말한다. 지나고 보면 다 별거 아니니 하고 싶은 대로 살아. 안 되는 일에 너무 애쓰지 말고, 널 사랑해 주는 사람들에게 사랑으로 베풀고, 말하기 전엔 세 번 이상 생각해 봐야 해. 용서는 남을 위한 게 아니라 너를 위한 거야. 배움에는 늦음이 없어. 일 하나를 하더라도 최선을 다하고, 언제나 품었던 것들은 떠나보내는 날이 오니 모든 것을 소중하게 여기며 살아. 내가 뼈저리게 느끼지 못하는 현재의 삶을 다 지나 본 사람의 말로 되새겨 본다. 당연한 말이지만 행복은 지나고 나서 깨달으면 늦는다. 난 지금의 행복을 느끼기 위해 노력한다. 내가 망각하고 누리고 있는 이 시간의 모든 행복을 읊어 본다. 지금은 다시 돌아오지 않을 행복과 젊음의 시간 속을 살아가는 중이라고.

비탈 위 나무

시간이 간다는 건, 나이가 든다는 건, 경험이 늘어난다는 것이다. 경험이 늘어난다는 건 나무가 땅속으로 한 번 더 깊게 뿌리를 치는 것과 비슷하다. 우리는 모두 산비탈에서 태어났다. 아무 일도 없을 땐 평지라고 착각되지만 계절을 반복하여 더할수록 우리는 결코 평지에 있는 것이 아님을, 다리를 흙 속으로 더욱 굳게 묻어야 비탈 밑으로 쏠려 내려가지 않음을 자연스레 알게 된다. 고된 시간에 나뭇잎이 고개를 떨구고 나뭇가지가 안으로 굽어지더라도, 흙 속 깊이 박은 다리를 하나씩 하나씩 뿌리내리며 살다 보면 어떤 상황에 직면해도 나는 쓰러지지 않을 수 있다는 강건한 믿음이 생긴다. 몸통이 잘려 나가도 뿌리가 깊고 견고하면 잘린 곳에서 나무가 다시 자라나듯이 우리는 눈에 보이는 꽃을 피우기보다, 눈으로 볼 수 없는 곳을 더욱 보살펴야 한다. 계절이 반복할 때마다 수백 개에서 수천 가지로 뿌리를 깊이 내려 박아서, 거센 고난에 몸통이 부러질지라도 뿌리째 뽑히는 일은 없게 말이다. 그러면 다시금 강건하게 자라날 수 있으니.

길

세상은 길로 이루어져 있다. 하루하루가 갈림길 속 선택의 순간이다. 이왕이면 평탄하고 좋은 길로 가고 싶다. 하지만 어느 쪽이든 불이익 없는 길은 존재하지 않는다. 그것이 우리의 발길을 잡아 세운다. 우리는 평탄한 길을 찾는 것에 시간을 지체해서는 안된다. 그저 불이익과 이익을 잘 구분해 보고 깃털 한 장 차이더라도 어느 쪽이 나을지를 선택할 뿐이다. 미래에 확신이 들지 않아 길에 들어서길 주저하는 것 또한 시간을 헛되이 보내는 것일 뿐이다. 우리는 확신이 서는 길로 향하는 게 이니다. 내가 가는 그 길에 확신을 심어 놓고 출발하는 것이다.

낭비하지 않는 이기적임

시간 낭비다 싶으면 굳이 시간을 들이지 않는다. 감정 낭비도 좋아하지 않아서 피곤한 일이 생길 것 같으면 먼저 관계를 느슨하게 만들었다. 그저 나를 행복한 상태로 유지하는 일을 최우선으로 한다. (최우선으로 한다고 해도 나를 챙기지 못할 때가 많은 삶이다.) 하고 싶은 건 하고, 하기 싫은 건 하지 않으면서. 누군가는 이기적이라는 말을 들을까 겁이 나서 하지 못하는 행동들을 한다. 남들 입맛에 맞춘다면 이기적이라는 말은 듣지 않을지언정, 할애해야 하는 시간과 감정이 부담스럽게 많아질 뿐이다. 찰나라도 '굳이?'라는 생각이 들 땐 조금 더 거리를 두고 바라본다. 이젠 모든 상황을 내가 짊어지려 하지만은 않는다. 이기적이라는 말을 들을 때면 아, 나를 잘 챙겼구나, 정도로 듣고 만다. 사실 대놓고 이기적이라는 말을 하는 사람도 없긴 하다. 그저 뒤에서 나를 이기적인 사람이라고 말하는 게 무서운 나의 걱정과 우려일 뿐이다. 사사건건 나의 행복만을 좇는 이기적인 행동은 옳지 않지만, 나의 행복을 무시하는 배려도 나에겐 옳지 못하다. 큰 피해를 주는 것이 아니라

면 괜찮다. 적당한 이기심은 나의 중심을 지키게 하고, 관계에 대
한 감정을 평화롭게 만든다.

지혜

　　살다 보니 느낀 게 한 가지 있다면, 삶을 잘 활용하는 사람이 되어야겠다는 거다. 모두에게 주어진 환경과 조건은 절대적으로 다르다. 가지고 있는 것들이 풍요로우면 더 좋은 것을 걸칠 수 있겠지만 풍요로운 것들을 몸에 지니고도 마음을 풍요롭게 쓰지 못하는 사람이 있다. 우리 모두에게 공평하게 주어진 것이 있다면, 생각할 수 있는 머리이다. 정신적인 능력은 어떻게 활용하느냐에 달렸다. 비관적인 생각을 하는 사람에게는 이 세상이 비관적으로 돌아가며 희망적으로 생각하는 사람에게는 세상이 희망적으로 돌아가듯이 같은 세상을 살아가도 다른 세상을 살 수 있다. 삶을 더 나은 방식으로 사는 방법은 지혜를 가지는 것이다. 지혜는 주어지는 환경이 아닌, 우리의 정신에 달려 있다. 같은 물건을 두고도 제각기 다른 방식으로 사용할 수 있듯이 우리는 주어진 삶을 지혜롭게 활용할 줄 알아야 한다. 그것이 곧잘 사는 길이다.

불

    타오르는 불씨를 가만히 바라보고 앉아 있으면 무념무상이 된다. 요즘 사람들은 스트레스를 해소하기 위해 이렇게 불 앞에 멍하니 앉아 있다고 한다. 왜 그런지 알 것 같다. 장작 위로 화르르 타고 있는 저 불이 내 모든 생각도 함께 태워 내는 듯하다. 우리는 무언가 하기에 앞서 열정을 가져야 한다고들 말한다. 뜨거운 심지만 있다면 바람이 불거나 비가 와도 이겨 낼 수 있다고 믿는다. 넘어져도 심지에 다시 불을 붙이면 불은 결코 꺼지지 않는다고 말이다. 눈앞에 불이 점점 사그라지는 걸 보니 장작이 제 할 일을 다했나 보다. 점차 줄어든 불씨는 자리에 생기 없는 까만 재를 남기고 끝이 났다. 무엇이든 무한한 것은 없다. 많던 장작도, 꺼지지 않을 것 같던 불씨도, 우리들의 굳은 심지와 타오르던 열정도. 사용하는 것들은 언젠간 소진되어 재로 흩날린다. 한번 꺼진 불은 다시 붙이기 어렵다. 우리에게 중요한 건 큰 불씨를 세차게 타오르게 만드는 것이 아니다. 가지고 있는 장작을 잘 분배하여 이 열정이 죽지 않게 오래오래 불길을 유지하는 것. 손바닥 위에 올릴 만큼 아주 작

은 불씨가 되더라도 괜찮다. 잘 지켜만 낸다면, 언제든 큰 화력을
지닐 수 있을 테니 말이다.

늘어진 문제

길을 걷다가 무언가를 밟아 크게 휘청거렸다. 다행스럽게 넘어지진 않았지만 이미 놀란 심장은 어디론가 달아나 버렸다. 자취를 감춘 심장을 찾으려 발밑을 바라보니 길게 늘어진 신발 끈이 보였다. 심장이 슬그머니 제자리로 돌아왔다. 사실 출발할 때부터 헐렁거리던 신발 끈을 조금은 눈치채고 있었지만 모른 체했던 것 같다. 애초에 내가 회피한다고 피할 수 있는 게 아니었을 텐데 말이다. 그렇다고 이렇게까지 발목을 잡아채다니 하마터면 큰일 날 뻔했다. 뭐가 그렇게 바빴길래 모른 체했을까. 바닥에 실에 늘어져 더럽혀진 녀석을 보자니 언제부터 이렇게 질질 끌려왔을지, 밑에서 나 좀 도와달라며 얼마나 소리쳤을지 조금 안쓰러운 마음도 들었다. 이런 자그마한 문제들을 제때 도와주지 않은 채 지나가게 되면 그 문제와 서로 멀어지는 게 아니라 조용하고 끈질기게 따라다니다가 내가 앞으로 나아갈수록 더욱 길게 늘어져 결국 나를 위험한 방법으로 멈춰 세우고야 만다. 곧 흘러내릴 것만 같은 문제들, 헐렁거리는 고민들은 그때그때 잘 보아 살핀 뒤 다시금 잘 묶

45

어 줘야 한다. 더 지저분하게 밟혀 내게 큰 상처를 입히기 전에 해결하면 충분히 큰 문제로 키우지 않을 수 있다.

선택

　　보통 이때는 이렇고 저 때는 저렇고라며 모두가 그래야 하는 것처럼 말한다. 대다수에 속하지 않으면 나머지는 잘못된 것처럼 말이다. 거기에 얽매여 살고 싶지 않지만 얽매여 사는 편이 더 쉽긴 하다. 부모님인지 친구인지, 누군지도 모르는 제3의 인물인지, 가만히 있어도 모두가 한마음 한뜻으로 도와 정해 놓은 기준에 옭아매 주니 말이다. 새가 날지 않고 걸어 다닌다면 그건 잘못된 걸까? 날개의 필요성을 크게 느끼지 못한 새가 걸어 다니는데, 그렇게 아무 탈 없이 잘 살기만 한다면 아무런 문제 없는 게 아닐까. 그 새를 보고 잘못됐다며 수군거리는 게 더 잘못된 일 같은데 말이다. 날개는 날기 위해 있지만, 그 날개를 필요로 하지 않는다면 그냥 살아도 된다. 그 수군거림 때문에 뛰어내렸다가 어디 한 곳 부러진다 한들 아무도 책임져 주지 않는다. 상처도 회복도 오롯이 내 몫이다. 틀에 얽매는 것은 누구인가. 아, 그 수군거림은 제3의 인물이 아니라 자기 자신일 수도 있겠다. 날개가 있어도 날지 않는 자신을 자꾸만 문제 삼고 걸음마저 위축시키는 내가 가장 큰 문제일 수도 있겠다. 나느냐 마느냐는 내가 살아가는 문제이며, 모든 것은 선택이지 필수가 아니다. 스스로가 잘 살아 보기 위한 결정이 비록 땅 위를 걷는 것이라 할지라도 그 선택은 존중받아야 마땅하다. 스스로를 존중하면 내부와 외부의 수군거림은 저절로 들리지 않게 될 테니.

고문

가끔 삶이 고문처럼 느껴졌다. 딱 죽지 않을 정도로만 고통을 안겨 주는 듯했다. 너무 힘들어 모든 것을 포기하고 싶지만 차마 포기할 수는 없었을 때 나는 무력감에 빠졌다. 고문을 받으면 처음엔 고통을 느낀다. 아픔에 화가 솟고 눈물이 나고 고통에 분개하여 악을 쓰지만 고문은 멈추지 않는다. 몇 시간, 며칠, 몇 주고 계속되면 이제는 더 이상 눈물도, 소리도 지르지 못하는 지경에 이른다. 더 이상의 저항은 먹히질 않는다는 걸 안 후에는 모든 걸 체념하게 된다. 바로 무력감에 빠지는 것이나. 그저 눈만 뜬 채로, 정신만 겨우 붙들린 채로 살아 있는 셈이다. 내가 벗어날 수 없는 절망에 갇혀 체념한다는 건, 고통을 덜 인지하는 동시에 삶도 인지하기를 포기하는 느낌이었다. 눈을 뜨고 일을 하고 잠을 자지만 살고 있는 것 같지 않다. 생기가 없는 인간. 삶을 사는 데 무력하다는 건 눈 뜬 채로 죽은 것과 다름없었다. 삶이 고문이라고 느껴지지만 고문은 언제나 죽지 않을 정도로만 고통을 준다. 나는 삶에서 벗어날 수 없다. 그러면 이 고문에서 발버둥 쳐야 한다. 발버둥을 친다는 건, 살아내는 것이다. 세상이 내 발목에 족쇄를 채우고 억지로 끌고 가는 게 아니라 비록 족쇄가 채워져 있더라도 그것에 굴하지 않고 내 두 발의 힘으로 걸어가는 것이다. 내가 스스로 살아 내는 것이다. 내가 무력에서 빠져나와 기운을 차리면, 힘을 내서 걸으면, 아무리 단단한 쇠고랑이라도 결국 끊어지게 만들 수 있다. 할 수 있다는 그 믿음과 함께 힘을 내야 한다. 그게 살아 있는 삶이다. 무력감에서 나와 끝까지 발버둥 쳐서 살아 내자.

고찰

　내겐 몸과 마음의 반비례 법칙이 있다. 몸이 가만히 누워 아무것도 안 하고 있을 때, 머릿속에선 생각들이 정신없이 움직인다. 반대로, 몸을 움직여 많은 활동을 할 땐 깊은 생각에 사로잡히지 않는다. 그래서 나는 잔 생각이 많을 땐 몸을 움직여 운동을 한다. 몸이 열심히 움직이면 에너지도 신체에 집중되어 상대적으로 다른 생각에 집중하지 못한다. 나를 괴롭히는 시간은 아무것도 하지 않고 가만히 누워 있을 때 찾아온다. 그 시간은 고찰의 시간이 되기도 하지만, 잦은 고찰은 생각해 보아야 할 것들 외에 쓸데없는 일까지도 끌어들여 생각하게 만든다. 내 삶을 도움의 길로 이끄는 고찰이 아닌, 정신과 마음을 갉아먹는 길로 이끄는 고찰로서 찾아올 때면 자리에서 일어나 생산적인 활동을 찾아 나서자. 우리는 우리의 정신과 신체 활동과 삶의 방향 모두 통제하며 조절할 수 있다는 것을 잊어서는 안 된다.

오르는 길

학생은 학년에 따라 난이도에 맞는 문제를 풀이한다. 단순히 숫자를 순서대로 외우던 시기를 지나면 덧셈과 나눗셈, 복잡한 방정식까지 단계가 올라가서 진도를 따라가기 점점 어려워진다. 그 시기에는 당연히 풀어야만 하는 문제이고, 밟아야만 하는 계단이다. 이제 내게는 그러한 계단이 없다. 풀어야만 하는 문제도 없고, 점수가 잘 안 나왔다고 뒤처질 일도 없다. 어렸을 적부터 계단을 오르기만 하는 것에 익숙해져 버린 나는 높이가 없는 맨바닥을 걷고 있자면 점점 밑으로 내려가는 것만 같았다. 이러면 안 될 것 같은 기분에 휩싸인다. 그러나 나는 이 평평한 땅을 밟고 계속해서 걷는다. 만들어진 구조물 없는 진짜 세상을 걷는다. 그냥 이렇게 걷다 보면 어느샌가 주변 지대보다 낮은 평야를 거닐고 있을 때도 있고, 주변 지대보다 높은 오름을 거닐 때도 있다. 세상 그 자체가 오르막과 내리막으로 만들어져 있다. 굳이 애써 가며 높은 계단을 찾아 오르지 않아도 된다. 모두 지나야 알겠지만 나는 지금 내가 거니는 이 땅이 삶을 오르는 길이라고 믿는다. 혹여 낮은 곳으로 가는 길이었더라도 멈추지 않고 걷는다면 또다시 올라가게 될 테니, 걱정 않는다. 그렇게 나는 언제나 평지를 걷는 듯하지만 그 발걸음에는 걱정이 없다.

착각

착각하는 것보다 어리석은 일은 없다. 서로가 서로에게 친절하게 대하고 배려하는 게 마땅하지만, 결코 내가 그러한 대접을 받아야 마땅한 인물이라서는 아니다. 일로써 좋은 성적을 거두어 내서 높은 위치에 올랐더라도, 그 자리가 결코 지속되지는 않는다. 바람을 타고 산 위로 올라간 낙엽이 아래의 풍경을 내려다본다고 해서 저 아래 핀 들꽃보다 낫지 않다. 또다시 바람이 불어오면 언제든 바람을 따라 아래로 내려간다는 사실을 잊지 않아야 한다. 착각은 감사함에 대한 망각을 불러일으킨다. 감사함이라는 사실을 망각한 사람은 잃게 되는 것들을 좇는 삶을 살게 된다.

태양

마른 장작에 불을 붙여 본 경험이 있다. 처음에는 불이 잘 붙지 않아 불씨가 생길 때까지 온 집중을 쏟아내야 한다. 장작에 불을 붙이는 것도 어려운 일이지만, 더 어려운 것은 불씨가 생긴 그다음부터다. 작은 불씨가 죽지 않게 하려고 입으로 조금씩 바람을 불어 가며 인공호흡을 해 준다. 눈이 매워 눈물이 난다고 해도 한시도 눈을 떼서는 안 된다. 적당히 바람도 불어 넣어 주고 마른 나뭇잎과 나뭇가지들도 먹어 보라고 넣어 준다. 장작에 점차 크게 번져 가는 불씨를 보니 이내 뿌듯해지고 따뜻해져 온다. 각자의 내면에는 이런 작은 불씨가 있다. 비가 내린 뒤 젖은 장작에는 불이 붙지 않는 것처럼 마음이 축축하면 불씨도 켜지기 힘들다. 내 안에 있는 작은 불씨에 집중하여 꺼지지 않게 신경 써 주고, 좋은 장작을 계속해서 넣어 준다면 커다란 불씨로 키워낼 수 있다. 이 불씨는 크게 만들수록 오래도록 꺼지지 않을 것이며, 커지고 커지다가 이내 아주 큰 태양이 되어 줄 것이다. 비가 내리는 날에도 하늘이 높이 떠 어두워지지 않게 더 큰 빛을 비춰 줄 것이다. 내 마음이 멀

리 집을 떠나게 되더라도 저 멀리서도 이 온기를 느끼고 길을 따라

다시 집에 돌아올 수 있도록 찬란히 밝혀 줄 것이다.

책

배움이 없는 삶은 지루하다. 세상 사람 모두가 같은 것을 보고 듣고 자라도 누군가는 보지 못하는 것이 있고, 누군가는 듣지 못하는 것이 있다. 남들이 보고 듣지 못하는 것을 느끼려면 온몸의 감각을 더욱 열어야 한다. 이 감각을 더욱 활용해야 한다. 더 많은 것을 보러 찾아다니고 많은 소리를 들어 봐야 한다. 그러나 일상의 하루에서 매일 배워 나가는 데에는 한계가 있을 수 있다. 그럴 때는 책을 펼쳐 보자. 책은 우리를 낙원으로 데려다준다. 꿈꿔 본 적 없는 이상향, 저 먼 곳으로 생각을 데려가 준다. 책 속에서 배움을 획득하는 일은 마치 식물학자가 발길이 닿지 않던 오래된 숲속을 탐험하러 들어가는 일과 같다. 그 숲속을 홀로 탐험하며 새로운 지식을 채취하자. 책을 덮고 나면 삶의 지혜와 용기는 나의 것이 되어 있을 거다. 세상을 지혜롭게 살아갈 수 있는 힘, 그 모든 것은 책 속에 있다. 이것은 배움의 즐거움 그 자체이다.

수련

    수련이 물 위에 핀 꽃이라 당연지사 물 수水라고 생각해 왔다. 그런데 알고 보니 잠들 수睡의 수련睡蓮이었다. 잠을 자는 꽃이라는 이름이었다. 이른 아침이면 꽃잎을 활짝 펴내고 저녁이 되면 꽃잎을 오므린다. 아무래도 저녁 무렵 꽃잎을 닫는 모습이 잠이 드는 것 같아 이름이 붙여진 듯하다. 수련은 바닥이 펄로 되어 걸으면 발이 푹푹 빠지는 시궁에 뿌리내려 살아간다. 6월의 여름날이 다가오면 시궁에선 퀴퀴한 냄새가 올라오기 시작한다. 이때 맞춰 수련도 꽃을 피워 낸다. 시궁의 냄새는 수련의 꽃향기로 덮어진다. 어둡고 고요한 시궁에서 피어난 하얀 수련은 마치 백조처럼 그 우아함을 더욱 뽐낸다. 날이 저물거나 흐려지면 이름에 걸맞게 잠시 잎을 오므린 채 잠이 들긴 하지만, 혼탁한 세상을 빛내는 존재로서 충분히 자리매김한다. 우리가 사는 세상은 겉에서 보기에 잔잔한 연못이다. 허나 속을 들여다보면 누구 하나 빠짐없이 질척이는 도랑 위를 매일 열심히도 걸어나가고 있다. 나 혼자 이 퍽퍽한 삶을 바꾸기는 쉽지 않겠지만 여러 수련들이 피어나 퀴퀴한 냄새를 향기로 덮는 것처럼, 우리는 함께 이곳에 수염뿌리를 내린다. 그리고 각자의 위치에서 잎을 펼쳐 낸다. 날이 흐릴 때, 비가 올 때, 어두울 때면 눈을 감고 쉬어 가도 좋다. 잠들어도 다시 개운하게 일어나자. 수련처럼 제자리에서 자신의 향기를 잃지 않고 묵묵히 세상을 바꾸는 존재가 되기를 바란다.

美

사람은 아름다움 없이 살지 못한다. 아름다운 것을 보고 싶어 하고 아름다운 것을 듣고 싶어 하고 아름다운 것을 걸치고 싶어 한다. 그리고 아름다운 것을 보면 자연스레 닮고 싶어 하는 마음이 든다. 그 아름다움을 내 것으로 흡수하고 싶다. 하지만 빼앗을 수 없으니 그것을 한껏 모방해 본다. 비슷하게라도 닮아 보려 노력하지만 본연의 모습이 다르기에 모방의 한계가 온다. 내가 가지지 못한 아름다움에 대해 질투하고, 억울해하며, 다름에 자신을 책망한다. 정말로 아름다운 것은 그 자체로 아름답다. 고유할 때 아름답다는 뜻이다. 내가 보고 듣고 걸쳤던 아름다움은 가질 수 있는 것이 아니다. 누군가 나를 보았을 때, 들었을 때, 함께 했을 때 느끼는 다름이, 나의 고유한 아름다움이다. 내가 스스로 보지 못하고 듣지 못하며 만지지 못하는 나의 아름다움을 믿어라.

하나

내가 받아들여야 할 것을 받아들이지 않았을 때 그것은 짐이 되었다. 받아들이지 않는 것은 오롯이 고통이 되어 돌아온다. 그저 일부분으로 받아들이면 더 이상 짐이 아니게 된다. 젊은이는 나이 듦을 받아들이지 않고 거부함으로써 노화를 고통으로 여긴다. 늙어가는 것은 마음의 짐이 된다. 살아 있는 사람은 죽음을 받아들이지 않음으로써 죽어가는 것을 짐으로 여긴다. 그러나 봉오리에서 만개한 뒤에 시들어서 바짝 말라 떨어져도 그것이 꽃이라는 건 변함없다. 꽃의 전개는 이 모든 것을 일컫고 있기 때문이다. 이처럼 사람의 전개는 뱃속의 태아로부터 시작해서 성장, 만개, 노화, 소멸까지의 모든 과정을 일컫는다. 사람에게 주어진 것은 봉오리가 만개된 꽃이 바짝 마르는 것뿐만 아닌 꽃잎이 줄기에서 모두 떨어지는 일까지다. 그러니 주어진 모든 것을 받아들이면 된다. 노화도 죽음도 별개로 볼 수 없다. 그저 나라는 하나에서 일컬어지는 일부이다. 우리의 일부로 고통받을 필요는 없다.

주인

불안은 나를 노예로 만들려 든다. 나를 조금씩 잠식한 뒤 군림하려 한다. 처음에는 누구나 그럴듯한 말로 회유하기 시작한다. 그 말에 솔깃하여 귀를 열어 두면 점점 지배당하고 만다. 불안은 사람을 바쁘게 만든다. 쉴 새 없이 일하는 것만이 불안에 빠지지 않는 길이라고 설득한다. 바쁘게 일을 하면 꽤나 생산적인 시간을 보냈다고 생각하겠지만 잠시 불안에서 벗어난 것일 뿐, 쉼이 없는 자에겐 결국 더 큰 불안이 한 번에 밀려오게 된다. 불안은 바쁘게 사는 것으로 지워낼 수 없다. 바쁘게 행함으로만 살아지는 것도 아니다. 행하지 않음도 곁들여져야 균형이 이뤄진다. 그렇게 불안도 잠시 고개를 들어 별을 바라볼 때 사그라든다. 불안이 나를 삶의 여유는 모르고 노동만 할 줄 아는 노예로 만들어 버리려 할 때면 굽혀진 허리를 더욱 똑바로 펴야 한다. 그리고 긴장에서 벗어나 여유를 찾은 뒤 말해야 한다. 불안은 감히 나의 주인이 될 수 없다고.

행보

우리는 걷던 길에서 벗어나는 걸 두려워한다. 수많은 길들 중 시야 밖에 있는 곳들은 새로움이며, 도전이며, 알지 못하는 미지의 세계다. 우리는 그 미지의 세계를 매우 두려워한다. 알지 못하는 것은 언제나 무섭다. 그렇지만 우리에게는 여러 갈래의 길을 걸어 보고 여러 풍경을 경험하며, 감상할 용기가 필요하다. 마음먹고 가던 방향을 틀려고 하면 주변에서 비난이 쏟아질 것이다. 가던 길이나 마저 잘 가면 될 것을 왜 다른 곳으로 가려고 하냐고. 그러나 그 비난을 두려워할 필요 없다. 그것은 미지의 세계에 발 디딜 용기조차 없는 이들의 부러운 원성이다. 우리가 그 원성을 헤치면 가 보지 못한 곳으로 갈 수 있다. 삶에는 여러 갈래가 있다. 마치 한 길만 보고 걷지 말라고 우리에게 말해 주는 것처럼. 고개가 돌아가도록 태어난 이유는 언제든 다른 방향을 바라볼 수 있게 하기 위해서다. 옆으로 난 길이 외진 길처럼 느껴질 수는 있으나, 그곳으로 방향을 틀면 옆길은 곧 나의 앞길이 된다. 그렇게 앞으로 걸어 나가면 된다.

기억 상실증

사는 게 갈수록 고단하다 느껴지는 것은 실제로 그렇기 때문인가, 내 마음이 갉아져서 그런 것인가. 아니면 원래 이 정도의 고난은 있던 일인데 아직도 익숙하지 못한 탓인가. 과거를 찬찬히 돌이켜 본다. 시간이 나이를 먹으니 기억도 함께 나이를 먹어, 노인의 머리에 난 머리칼처럼 듬성듬성 빈 곳이 있다. 빠진 머리칼의 행방은 알 수 없다. 어떤 기억을 가지고 있는 머리카락인지 모른 채로 그것은 이미 사라져 있다. 고단하다 느끼든 행복했다 느끼든 결국 지나간 삶들은 결국 시간이 지나면 저절로 빠진다. 그리고 새로운 머리칼은 또 자라난다. 이것은 우리의 의지가 아니다. 그냥 얼굴에 주름이 생기듯, 아주 자연스러운 흐름이다. 사는 게 갈수록 고단하다 느껴지는 것은 우리가 지나간 고단함을 잊었기 때문이다. 새로 자라나는 것의 존재를 새삼 느낄 뿐이다. 나는 고난이 찾아올 때마다 생각한다. 나는 기억 상실증에 걸린 사람이라고. 분명 내가 아는 고통이며 예전에도 경험한 적이 있지만, 기억을 못할 뿐이라고. 기억은 안 나지만 그때 헤쳐 나갔던 것처럼 이번에도

그럴 거다. 그러니 크게 걱정하지 않아도 괜찮다. 어차피 언젠가
또 잊어버릴 고통을 너무 새삼스럽게 느끼지는 말자.

동행

　　사람은 언제나 외로움과 함께한다. 삶은 외로움 그 자체인 것 같기도 하다. 내 삶 어딘가 잘 보이지도 않는 곳에 멀리 동떨어져 있다가도 빛의 속도로 깊게 침투해서 도무지 감당해 내지 못하게 한다. 이 외로움은 언제 찾아오는 걸까. 아무것도 하지 않고 그저 머릿속에 맴도는 생각에 빠져서만 하루를 보내면 감정에 발 담그기 쉬워지고, 외로움이 스멀스멀 덮쳐 온다. 하지만 계속해서 어떤 행동을 했을 때는 외로움이 해소되고 외로움을 느낄 틈도 없었다. 행동하는 걸 어렵게 여기지 않아도 된다. 평소 내가 하던 것들을 생각해 보면 된다. 친구들을 만난다거나 쇼핑을 한다거나 여행을 떠난다거나 집 청소 혹은 노트북을 하는, 육체적인 움직임을 행하는 것 말이다. 외롭고 무기력한 상태에서 벗어나고 싶다면 내가 할 수 있는 모든 일을 다 행하자. 다만, 멈추어진 육체에 찾아오는 외로움은 사람이라면 어쩔 수 없는 일이라는 걸 받아들여야 한다. 우리는 삶을 행하거나, 행한 뒤의 외로움을 느끼는 것. 그것 외에는 할 수 있는 게 없다. 그 이유는 우리가 살아 있기 때문이다. 찾아오는 외로움을 두려워하지 말라. 외로움을 느끼고 싶지 않다는 건 생을 부정하는 일과도 같다. 외로움에서 비롯되는 어두운 감정을 해소하는 방법은 외로움과 동행할 줄 아는 삶을 사는 것이다.

한 끼 거르기

가끔 아무것도 없는 날 늦잠을 푹신하게 자고 일어나면 점심시간이 훌쩍 지나있을 때도 있다. 늦게 일어난 탓에 입맛이 돌지 않아 식욕을 잃으면 그냥 한 끼 거르는 쪽을 택한다. 한 끼 정도 안 먹어도 상관없겠지, 하며. 삶에도 비슷한 태도를 보이려고 한다. 해야 하는 일을 못 했을 때 식겁하며 불안해한다고 달라지는 건 없다. 결국 감당은 내가 할 몫이니까. 삶에 있어서도 안 좋은 영향을 끼칠 만큼의 자주가 아니라면 평소에 열심히 사는 만큼, 조금은 너그럽고 관대해져도 괜찮을 거다.

징검다리

중간이 필요하다. 이곳과 저곳의 중간. 천천히 걸어서 지나 갈 수 있는 길을 마련해 주는 징검다리 같은 존재. 빠르게 이동하는 건 여러모로 갑작스러워서 숨이 찬다. 마음의 움직임도 그렇다. 잔잔했다가 갑자기 들끓는 마음처럼, 맑다가 세찬 장대비가 쏟아지는 마음처럼, 갑작스러운 마음의 움직임은 꽤 당황스럽다. 징검다리 없이 건너뛰는 개울처럼 아슬아슬하다. 제 마음을 제대로 헤아리지 못하면 이 날씨는 온종일 오락가락한다. 음계가 낮은 도에서 갑자기 높은 시로 올라간 것처럼 말이다. 도와 시 사이이 음계들을 하나 나 눌러 보자. 일정하게 높아지는 음정들은 이곳과 저곳을 지나가는 다리가 되어 준다. 음계를 계단 삼아 한 칸씩 올라가다 보면 잔잔했던 마음이 갑자기 들끓을 일도, 세찬 장대비가 쏟아져 내릴 일도 없다. 모른 채 건너뛰는 마음들은 겹겹이 쌓여 더욱 높은 음을 만들어 낸다. 가장 시끄러운 음을 내는 마음은 내가 살피지 못하고 묻어 버렸던 마음이려나. 마음의 갑작스러운 움직임을 최소화하기 위해선 계단을 하나하나 밟으며 천천히 조율하는 법이 필요하다.

자격

그런 말을 할 자격이 있냐고 묻는다면, 나는 자격이 뭐냐고 되묻고 싶다. 우리는 마땅한 자격이 되기 때문에 생각을 하고, 말을 하고, 행동을 하는가. 살 만한 자격이 있어서 살아가는 건가. 나는 말한다. 세상에 자격이란 건 없다고. 무언가에 도전해 볼 자격, 누군가를 좋아하거나 싫어할 자격, 실패할 자격, 쉬어 갈 자격. 자격이라는 것은 행위에 대한 타당성을 부여한다. 때론 우리의 등을 쿡쿡 찔러 서 있는 자리에서 비키라고 눈치를 주기도 한다. 마치 준비물이 뭔지 알려 주지도 않고선 준비물은 가져왔냐고 묻는 선생님 같다. 모든 것은 행위 자체만 존재할 뿐이며 자격은 그저 환경이다. 환경이 갖춰지느냐 갖춰지지 않느냐는 그 사람의 여건일 뿐이며 필수적 요소는 아니다. 이건 그 누구도 예외가 되지 않는다. 진심을 다해 생각하고, 말하고, 행동하면 될 뿐이다. 자격은 진심을 다 하는 것이면 된다. 그저 진심을 다해 살면 되는 것이다.

빗질

가방을 열었더니 전에 잠시 빼서 넣어 두었던 목걸이가 들어 있었다. 잃어버린 줄 알았는데 여태 이곳에 있었다니. 그 며칠 잊고 있었다고 목걸이 줄이 온통 엉켜 있다. 가만히 앉아 묶이고 꼬인 곳들을 조심스레 잡아 하나씩 풀어 나갔다. 엉켜 있던 곳들을 하나씩 풀어 갈수록 내 마음도 같이 풀어내는 기분이다. 마음은 목걸이보다 더욱 가늘고 길게 가닥가닥 이어진 실일까. 머리카락 정도 되려나. 길이는 더 길고 두께는 더 얇다. 엿을 수차례 꼬아 길게 늘여 만든 타래가 생각난다. 정성스레 빗겨 줘야 할 것 같은 모양새다. 액세서리 함에 풀지 못한 목걸이 두어 개가 있는데 줄이 엄청 얇다. 얇은 실들은 엉키게 되면 풀기 어려워진다. 함에 넣어 놓았지만 사실 포기한 게 맞다. 더 얇은 가닥으로 이뤄진 마음도 너무 엉켜 버리면 포기하고 싶어지겠지. 풀리지 못한 채 뭉텅이로 있다가 점점 녹슬어 갈 운명을 맞이할 게 보인다. 그러니 버려지지 않도록 자주 빗질해 주어야 한다. 가닥가닥 부드럽게.

재생

    사람의 피부 세포는 28일을 주기로 새것으로 바뀐다. 간 세포는 1년 6개월을 주기로 새것으로 바뀐다. 같은 방식으로 우리 몸을 이루는 세포들은 7년을 주기로 새것으로 탈바꿈한다. 결국 예전의 것은 남아 있지 않은 상태가 된다. 나는 똑같지 않다. 주기적으로 새로 태어난다. 나아지지 않는 세상이라고 생각하지 않았으면 좋겠다. 우리도 모르게 우리는 낡고 헌것을 버리고 더욱 건강하고 나은 상태로 바뀌니까. 시간이 지나도 언제나 그 상태 그대로인 것은 나의 몸이 아닌 정신일 뿐이다. 새로운 삶을, 더 나아진 삶을 살고 싶다면 내 몸의 세포가 그러하듯, 다치고 회복 불가능한 기억을 치유하여 다시 새것으로 만들어 바꿔 놓아야 한다.

본능

　사람이 다른 동물들에 비해 지적 능력이 뛰어난 건 사실이지만, 살기 위한 생존 본능은 동물들과 다를 바 없다. 작고 약한 초식 동물이 처음부터 육식 동물을 보고 도망쳤던 건 아니었던 것처럼. 아마 처음엔 두려움과 무서움을 느낄 필요가 없어서 도망치지 않았을 수도 있다. 그 결과로 동료들이 잡아먹히는 것을 보게 되었을 때, 도망치지 않으면 종족이 사라지게 된다는 걸 습득하게 된 것이다. 그래서 육식 동물을 보면 자연적으로 두려움을 느끼게 되었고 달아나게끔 입력이 되었다. 달아나야 생존에 너욱 가까워질 수 있으니까. 우리는 모두 살기 위해 살아가니까. 사람은 좋은 기억보다 나쁜 기억을 더 잘 기억한다고 한다. 앞선 초식 동물처럼 동료가 잡아먹혔던 나쁜 기억이 생존하는 데에는 더욱 도움이 되기 때문이다. 우리가 어떤 상황에 앞서 두려움을 느끼고 도망치고 싶은 감정을 느낀다는 건, 단순히 겁쟁이라서 그런 게 아니다. 위험 앞에서 살고자 하는 본능이 강해지기 때문에 그런 것뿐이다. 한 가지 다른 점이 있다면, 우리는 실제로 육식 동물에게 잡아먹힐 일이 없다는 것이다. 위험 앞에서 도망치지 않는다고 초식 동물처럼 목숨까지 잃을 일은 없다는 뜻이다. 그러니 겁이 나도 도망치지 말자. 두려움은 작게 피어나는 본능일 뿐, 진정 내 삶을 죽이는 것은 아무것도 하지 못하고 도망가는 것이다. 우리는 위협이 되는 상황보다 그 상황에서 도망가는 것을 더욱 두려워해야 할지도 모르겠다.

주의해 주세요

　　사람들 속을 비집고 들어가 지하철을 탔다. 살짝 널찍해 보이는 옆 칸으로 옮겨 가고 싶어도 고개조차 돌릴 수 없었다. 잡을 수 있는 손잡이가 없어 두 다리에 바짝 힘을 주어 균형을 잡았다. 보드를 타 본 적은 없지만, 보드를 탄다면 비슷한 느낌이려나. 한창 보드에 집중하고 있는데 앞에서 내 발가락을 꽉 밟았다. 괜히 소리 내면 안 될 것 같아 무음으로 고통을 참아 내었다. 한 정거장도 채 지나지 않는데 앞사람이 내 발을 또 밟았다. 뒤통수를 보아하니 이 사람도 열심히 보드 타기에 집중하느라 내 발을 밟았다는 사실은 전혀 모르는 듯했다. 그래, 두 번은 참을 수 있잖아. 다음 정거장을 출발하는데 또 밟혔다. 이번엔 알려 줘야 할 것 같아 조용하게 말을 건넸다. 죄송하다는 사과를 받은 뒤에야 내가 내릴 정거장에 도착하기 전까지 내 발은 무사할 수 있었다. 주변에도 그런 사람이 있었다. 제 발밑을 확인하지 않는 사람. 주변에 뭐가 있는지도 모르고 본인 보드 타기만 중요해서 가까이 있는 사람들의 발을 자꾸만 밟는 사람. 상처를 말하기 전까지는 치고 지나간 줄도 모른다. 발밑을 조금만 살펴봤더라도 충분히 피할 수 있었을 것들인데 말이다. 곁에서 상처를 받고도 침묵하게 되면 그 사람은 영영 모르게 된다. 내가 아픔을 몇 번 참다가 말해 준 것처럼, 실수로 몇 번 눈 감고 넘어가 줌에도 피해가 계속된다면, 알려 줄 필요가 있다. 마찬가지로 우리가 주의하지 않음으로 인해 상처 입는 사람은 제일 가까이에 있는 사람이라는 걸, 주변 사람은 침묵을 깨트려 알려 줄 필요가 있다.

흔적

　　함께하는 시간을 피하고 싶은 사람들이 있다. 그 시간이 내 몸에 때를 묻히듯 집에 돌아오고 나면 언제나 온몸이 구석구석 간지럽다. 벌레가 기어다니는 간지러움과 비슷하다. 그 사람의 입 속에서 나왔던 벌레가 내 몸에 몰래 붙은 것일까. 바다에 갔다 온 사람의 신발 밑창에는 모래가 묻고, 산을 갔다 온 사람의 신발 밑창에는 진흙이 묻듯 사람도 언제나 흔적을 묻힌다. 누군가를 만나고 돌아오는 길, 나에게 묻은 것은 그 흔적들이다. 돌아와서 신발에 묻은 것들을 닦아 내기가 어렵다면 같은 곳을 다시 가는 일을 되풀이하지 않으면 된다. 발이 더러워진다는 건 나의 건강을 위협하는 요소다. 더러운 것에 구태여 발을 담그는 것. 그것은 병드는 재앙이나 다름이 없다. 그러니 오랜 시간 다녀와도 신발에 먼지가 묻지 않는 곳. 나는 그곳으로 발걸음을 옮겨 본다. 몸이 정갈해지면 마음이 정갈해진다. 발이 깨끗하니 마음이 건강해진다.

삶의 지도

　　감명 깊은 책을 만나고 난 뒤, 좋은 책 한 권이 그 사람의 삶 전체를 흔들 수 있다고 느꼈다. 좋은 책 하나를 옆에 두고 살아가는 사람과 그렇지 않은 사람의 사고방식은 확연히 다르다. 인생을 살아가기 위한 태도로 삼기 좋은 명언 하나를 두고 살아가는 사람과 그렇지 않은 사람 또한 인생에서 고비를 맞닥뜨렸을 때의 대처가 확연히 다르다. 갈래길 앞에서 길을 잃었을 때 지도가 당장에 없더라도, 밤하늘의 별이 이동하는 방향과 아침에 해가 뜨는 방향을 참고하여 발을 내딛듯, 삶에서 길을 잃고 방황할 때 가슴속에 새겨 두었던 좋은 글은 반짝이는 별이자 따사로운 햇볕이 되어 우리가 나아갈 길을 밝혀 줄지도 모른다. 우리는 그 빛의 도움을 받아 현명하게 발걸음을 내디디면 된다.

밝다, 밝히다

해가 지고 어둠이 찾아오면 혀가 더욱 기세등등해지는 사람이 있다. 자신의 혀가 까맣다는 진실을 어둠에 감출 수 있는 시간이기 때문이다. 그런 사람과 분쟁이 일어날 때는 밝은 곳으로 나가는 게 좋다. 밝은 곳은 진실을 까밝혀 준다. 상대의 눈동자가 이리저리 구르고 입술이 바짝 마르고 근육이 달싹거리는 것이 더욱 선명히 보인다. 나를 공격할 거리를 찾는 것인지 자신의 잘못을 무마할 핑곗거리를 찾는 것인지가 표정으로 고스란히 드러난다. 혀가 까만 사람은 밝은 곳에서 말하기를 두려워한다. 제 혀가 칼이 되어 상대방에게 상처를 내는 장면을 들키면 안 되기 때문이다. 목격자가 생기면 몰래 도망칠 수 없다. 그러니 우리는 목격자들을 만들어야 한다. 밝은 곳으로 데리고 나가서 이야기를 나누면 그곳을 지나가던 사람들은 우리를 보게 될 것이다. 환한 빛은 결국 진실의 편에 서서 손을 들어 준다.

II

내가
삶을 너무나
사랑해서

잘 지내?

　　오랜만에 만난 누군가가 잘 지내냐는 물음을 내게 던져 올 때, 결코 쉽게 대답을 잇지 못한다. 단 세 글자임에도 상대가 어려운 수학 문제를 낸 것처럼 머릿속에선 뜻을 풀어내고 해석하기 바쁘다. 지내는 건 지내는 거지만, 앞에 '잘'이라는 부사가 붙어 버리니 어렵다. 하는 일이 잘 되고 있냐는 걸까. 슬프거나 힘든 일은 없냐는 걸까. 아픈 곳은 없고 건강하냐는 걸까. 과연 나는 잘 지내고 있는 건지 의문을 담아 그 몇 초 사이에 문득 스스로의 저 멀리까지 돌아보고 왔다. 분명한 건 이 짧은 물음 안에 내가 나열한 앞의 물음들이 전부 담겨 있다는 것과, 그것보다 더욱 많은 의미가 담겼을지도 모른다는 것이다. 그럼에도 불구하고 질문은 너무나도 짧다. 차라리 '요즘 아픈 곳은 없고?'라든지 '저번에 하고 싶다던 일은 어떻게 됐어?'라고 질문해 준다면 더욱 답변하기 편했을 텐데. 나같이 복잡한 사람에게 이건 간단해 보이지만 풀이는 엄청 길게 써 내려져 갈 수학 공식 같은 거다. 많은 의미가 함축된 것 같은 세 글자짜리 안부에 마땅한 답변을 내놓으려다가 혼자 이러쿵저러쿵

조잘거리게 될 것 같았다. 질문을 들은 나는 2초도 안 되는 시간 동안 질문의 의미도 파악했다가, 내 삶도 뒤돌아봤다가, 알맞은 대답을 생각해 보곤 그저 똑같이 많은 의미를 함축시켜 옅은 미소를 띠며 대답하곤 한다. "응, 잘 지내지."

증명

나는 나를 잃을 것 같았지만 잃은 적은 없었다. 위태로움이 극에 달했다고 여겨졌을 때도 있지만 결국 지금 여기까지 와 있으니. 절망의 끝에 매달려 곧 떨어질 것 같아도, 살려고 바위를 움켜쥐었던 손을 단 한 번도 놓은 적이 없었다는 것이다. 그렇다. 우리는 언제나 다시 일어났다. 가냘픈 손가락에 힘이 빠진 적은 있지만 완전히 풀어 버린 적은 없었다. 이 세상에 완전한 좌절은 없다. 그것은 지금 살아 있는 것으로 증명이 된다. 견고한 삶 자체가 나를 증명해 주곤 한다.

처음

모든 것의 맨 처음을 찾아 나섰던 적이 있다. 내가 되돌리고 싶던 실수에 대해 후회하다 보면 이전에 벌어진 상황으로 돌아가게 된다. '그런 상황만 안 왔으면 그런 말도 안 했을 텐데.' 그다음은 이렇게 이어진다. '그곳에 가지 않았더라면 그런 상황에 처하지 않았을 텐데.' 꼬리에서 머리를 찾으려고 계속해서 거슬러 올라가 되짚어 본다. '내가 태어나지 않았더라면….' 그러나 찾아 나섰던 머리는 보이질 않는다. 끝이 없는데 끝을 탓하는 일이 될 뿐이었다. 이렇게 맨 처음을 찾아 나서려던 나의 수많은 여정은 한 가지를 알려 주었다. 시작점은 없다는 것이다. 흰 종이에 연필로 점을 콕 찍어 보자. 이 점은 그림을 그리기 위한 시작점으로 보일 수있다. 그러나 그 점을 천 배 확대하면 동그란 원이 된다. 같은 방식으로 그 원 안에 점을 찍어 천 배 확대하면 또 원이 생긴다. 세상에 시작점은 없다. 우리는 점처럼 보이는 동그란 원 안에 살고 있으며, 그 세상은 무한하게 확대된다. 시작을 찾아 탓하고 싶었던 마음. 그것은 그저 핑계 대고 싶었던 마음 아닐까. 지금은 그러지 않은 지 꽤 됐다. 아마도 모든 것은 지금의 나의 행동으로 인해 벌어지고 있다는 걸 이제는 조금 깨달았는지도 모르겠다.

거리

    산을 오른다. 빼곡히 자라난 나무들의 간격이 눈에 들어온다. 이 나무들은 서로에게 피해 주지 않는 적당한 거리를 유지하며 살아가는 중인 걸까. 조금만 더 가까웠다면 서로의 가지가 부딪혔을 텐데 그 거리를 어찌 알았을까 싶다. 사람과 사람 사이에서 어떤 게 좋은 관계인지 잘 모르겠다. 최소한 서로가 서로에게 지우지 못할 상처는 주지 말자며 노력하는 사람이 있는가 하면, 타인의 감정에 일말의 동요도 하지 않는 사람이 있다. 지음의 벗이라 여겼던 사이에서도 차마 끼내지 못한 마음은 작은 상처가 되어 가까웠던 거리를 벌려 놓기도 한다. 적당한 거리가 어려워 나무에서 시선을 거둔 채 급하게 땅만 보고 산을 올랐다. 그렇게 숨을 헐떡이며 올라가다가 적당히 앉기 좋은 그루터기에 앉는다. 어디선가 시원한 바람의 냄새가 불어온다. 고개를 들어 바람이 불어오는 쪽을 바라보았다. 저 정도의 간격일까. 적당하게 바람이 드나들 수 있는 나무와 나무 사이. 서로 멀리 떨어져도 춥지 않을 정도. 가까이 붙어 있어도 햇빛을 가리지 않을 정도. 먼발치에서 보았을 때 모든 나무가 어깨동무를 하고 있는 듯 보이지만 가까이 들여다보면 각기 한 그루마다 여유로움이 주변을 둘러싸고 있는 모습이다. 관계가 어려워 땅만 보고 걷다가 마주한 바람 한 줄기에서 우리의 관계를 발견한다. 고개를 들어 마주한다. 숲속에서 나무를 마주하듯, 삶 속에서 사람을 마주하기로.

의미

세상에는 너무나 많은 의미가 존재한다. 이것들은 과연 어디서부터 오는 의미일까. 평범했던 그릇도 좋아하는 색깔이라는 의미를 담으면 좋아하는 그릇이 되고, 어렸을 때 꽂던 핀이라는 의미를 담으면 이제 착용할 일 없어도 소중하게 간직하고 싶은 핀이된다. 의미라는 것은 어떤 것이 가지는 고유한 가치이기도 하다. 그렇다면 나는 어떤 의미가 있고 어떤 가치가 있을까. 우리는 존재의 명확한 의미를 품고 태어나지는 않았다. 태어난 뒤 살아가면서 존재의 의미, 그리고 삶의 의미를 찾기 시작하는 것이다. 의미가 없는 것은 존재할 가치가 없다고 이 세상은 쉽게 말한다. 그래서 우리는 각자의 삶에 의미를 만들지 않으면 자신이 존재할 가치가 없다고 생각한다. 하지만 우리가 살아 있는 이유는 애초에 없다. 태어났기 때문에 살고 있는 것이다. 존재의 의미를 찾지 못한 것은 내가 가치가 없는 사람이라서가 아니다. 아직 의미를 만들어 내지 않았을 뿐이다. 다르게 말하자면, 어떤 의미든 만들면 된다. 그러면 가치가 생긴다. 내가 만든 이유가, 내 존재의 가치가 된다.

인정

　　나는 명예에 욕심이 없는 편이다. 다른 친구들과 비교를 많이 당했던 어릴 적 기억 때문일까. 더 잘나고 싶다는 마음보다는 도리어 청개구리 심보가 생겨서, 누군가에게 인정받고 싶은 욕구가 사라져 버렸다. 저들은 저들의 삶이고, 나는 나의 삶인데 왜 서로가 서로에게 뭐가 낫고 뭐가 부족한 처지로 삼아져야 하는 거지, 싶었다. 누군가는 회사에서 괜찮은 직위에 자리 잡고 있을 내 나이. 누군가는 좋은 사람과 결혼을 했을 내 나이. 누군가는 사업으로 대박이 나서 성공했다는 말을 들을 내 나이. 모두가 훌륭하다. 명예가 중요하지 않은 삶은 괜찮은 직위가 없어도, 결혼을 하지 않았어도, 사업이 성공하지 않았어도 훌륭하게 여길 수 있는 삶이다. 그래서 내가 아무런 자리가 없고 아무런 명예가 없어도 훌륭하게 된다. 인정받아야지 훌륭한 거라면, 내가 스스로를 인정한다. 그냥 언제나 내 일을 해 왔음을. 비록 무엇이 되지 않았더라도, 언제나 무엇을 했다는 게 훌륭하다고 말해 주고 싶다. 삶을 살아가고 있다는 게 훌륭한 거라고 말해 주고 싶다.

모르면 사라질 상처

어딘가에 상처가 생기면 자주 들여다보게 된다. 조금이라도 닿지 않게 조심하려 하고, 살짝이라도 어딘가에 닿아 통증이 오면 소름이 끼치기도 한다. 누군가 나의 정강이를 가리키며 물었다. 멍은 왜 생겼냐고. 내려다보니 정강이 쪽에 멍이 들어 있었다. 심지어 노르스름한 게 거의 아물어 가는 멍이다. 꾹 눌러보니 조금 아픈 게, 분명 생길 때도 아팠을 것처럼 보이는데 어디서 부딪힌 건지 언제부터 생긴 건지 도저히 기억이 없다. 이 녀석의 색깔이 변하는 동안 느꼈던 아픔도 기억에 없다. 상처도 모른 채 지나가면 아프지 않게 되는 걸까. 이 멍이 보라색 빛으로 올라왔을 때 누군가 알려 줬다면, 나는 아마 날마다 쳐다보고, 누르면 얼마나 아픈지 살짝 눌러도 봤을 거다. 기억이 없으니 아픔 없이 아물기도 하나 보다. 살다 보면 지난날의 상처들도 이렇게 조용히 아물어 가겠지. 누군가의 정강이에 보이는 노르스름한 멍을 굳이 물어볼 필요는 없겠다. 그 사람은 있는 줄도 모르게 몰래 아물어 가는 중일지도 모를 테니까.

비움

강변을 따라 걷다 예쁜 조약돌이 눈에 띄었다. 관심이 생겼다. 관심이 생긴다는 것은 나의 마음을 나누어 주는 일이다. 누군가에겐 보잘것없는 돌멩이지만, 관심이 생기니 괜히 예뻐 보인다. 제 눈에 예쁜 것은 갖고 싶은 법이다. 다음날엔 눈에 띄게 예쁜 조약돌을 골라 보았다. 그리고는 주워다가 잘 닦은 뒤 책상 위에 올려놨다. 그 뒤로 종종 가지고 싶은 예쁜 돌멩이를 데려왔다. 한 개에서 세 개로, 일곱 개로… 점점 늘어나 선반을 가득 채우고야 말았다. 이상하게도 선반을 가득 채운 조약돌들을 봐도 마음이 채워지지 않는다. 오히려 선반을 제외한 모든 공간이 텅 빈 것 같았다. 세상에는 내가 가지지 못한 조약돌들이 훨씬 더 많을 테니까. 채우려고 하는 일에는 끝이 없다. 무언가를 가지고 싶어 하는 마음은 그렇다. 결코 채울 수가 없다. 끝에 도달하고 싶어도 끝을 낼 수 없는 마음이다. 조약돌들을 매일 하나씩 들고 나가서 다시 강가 주변에 놓고 온다. 그렇게 선반 위에 하나 남은 조약돌을 집

어 들었을 때, 내 마음은 도리어 가득 찼다. 모든 게 비워짐으로써

마음이 채워진다.

가진 건 아무것도 없음을

점심이 지난 오후, 사람이 드문 길로 산책하고 있었는데 바닥에 떨어져 있던 만 원짜리 지폐 한 장이 있길래 주웠다. 갑자기 집에 오신 할머니께서 맛있는 거 사 먹으라며 손에 쥐여 주시던 용돈이 생긴 것 같은 기분이었다. 갑자기 찾아온 행운에 오늘 이 길로 걷길 잘했다며 나 자신을 칭찬했다. 산책길을 크게 돌고 난 뒤 집 근처에 다다라서 주머니에 손을 넣었는데 웬걸, 지폐가 없어졌다. 걷는 도중 깊지 않았던 주머니에서 빠져 버렸나 보다. 아, 마음이 이보다 애통할 수 있을까. 애초에 내 것이 아니었는데 나는 지금 내 것을 잃어버린 것처럼 착각하고 있다. 어쩌다 내 손에 쥐어졌다고 마치 처음부터 내가 잃어버렸던 지폐를 찾았다고 생각한 듯 말이다. 잃는다는 건 가진 게 있어야 가능하다. 하지만 나는 아무것도 가진 게 없었다. 가진 게 없으면 잃을 것도 없다. 나는 잠시 내가 무언가를 가졌다고 생각했던 것 같다. 원래부터 내 것인 건 없다는 생각은, 생각보다 마음을 더 편안하게 만들어 준다. 그래서 항상 잃을 것 없는 사람처럼 살아가는 태도를 지녀 본다. 내가 사랑하는 사람들도, 사랑하는 일들도, 사랑하는 물건들도, 우연히 나의 마음에 들어왔지만 내가 쥐고 있다는 건 착각일 뿐, 쥐고 있는 건 아무것도 없다. 그러니 그 어떤 것이 내 마음 밖으로 떠나가도 그것은 그저 원래 있던 곳으로 돌아간 것이지 내 걸 잃어버린 게 아니다. 그러니 삶 속에서 홀연히 자취를 감추는 것들에 아쉬울 것도, 상처받을 것도, 탓할 것도 없다. 나는 그저 언제나 모든 것을 잠시 마음에 품을 수 있을 뿐이다.

아무도 알 수 없는 것

　세상에 나만큼 나를 잘 아는 사람은 없다는 말에 동의하는 가. 개인적으론 동의하지 않는다. 나는 버섯도, 마늘도, 양파도 싫어했다. 허나 지금은 없어서 못 먹는다. 내 입맛을 가장 잘 알던 어머니는 내 입맛이 바뀐 걸 보고 놀라신다. 나도 입맛이 바뀌어 버린 나를 보고 흠칫 놀란다. 스스로에게 배신감이 느껴진다. 분명 전에는 싫다고 했으면서. 바뀌는 취향은 그 사람을 변덕쟁이로 보이게도 한다. 나는 계속해서 바뀐다. 내가 입는 옷도, 먹는 음식도, 좋아하는 사람도, 좋아하는 장소도. 그래서 나는 나에 대해 한 가지는 확실하게 알 수 있다. 나는 나를 알 수 없다는 것. 그것만이 확실하다. 당신도 나를 모른다. 우리는 서로를 모르고 자기 자신도 모른다. 우리가 가지고 있던 정보는 내 입맛이 바뀌어 버린 것처럼 또 어느새 바뀐다. 결국은 아는 게 없어진다. 아는 게 없으니 매일 새로 알아갈 뿐이다. 여기저기 나에 대해 아는 체하는 사람을 보면 바보 같다. 우주는 이렇더라며 가 본 것처럼 떠들어대지만 죽을 때까지 지구에 살다 갈 인간이다. 그래서 생각한다. 아는 척

하며 사는 것보단 매일 취향이 바뀌는 변덕쟁이로 사는 게 낫겠다고. 그리고 나는 우주일 거라고.

냇물

어제를 돌아보면 후회가 남는다. 내일을 생각하면 불확실하다. 그리고 나는 언제나 그 사이의 지금에 살고 있다. 계속해서 흘러가는 것이 마치 졸졸졸 흐르는 냇물 같다. 뒤로 돌아 흐르지도 않고, 잠시 멈추지도 않는다. 그저 계속해서 지나간다. 손에 쥐어 보려 한 움큼 잡아 보지만 손가락 사이로 빠져나간다. 이번엔 양 손바닥을 바구니처럼 모아 물을 가득 떠 본다. 잠시나마 내 것이 된 것 같지만 이건 죽은 물이나 다름없다. 다시금 흘려보내 살려 준다. 할 수 있는 거라곤 그저 발을 담그고 흐르는 물살을 계속해서 맞는 것. 생도 비슷하다. 나는 그저 발을 담근 채 흐르는 시간을 계속해서 맞을 뿐이다.

휴게소

오늘은 캠핑을 떠나기로 했다. 평소 활동 반경이 넓지 않은 나는 여행 생각만 하면 벌써 힘에 부치지만 그래도 설렘이 더욱 크다. 차를 타고 고속도로를 달리다 보면 어렸을 적 생각이 난다. 어렸을 때의 나는 차를 타고 서울 외곽으로 나갈 때면 휴게소에 들르는 걸 좋아했다. 여행의 부푼 마음을 가득 안고 있는 사람들이 모여 있는 그 장소가 좋았다. 저 사람들은 어딜 향해 가는 길일까. 나와 같은 곳으로 가진 않을까. 평소에는 사 먹을 생각도 않던 핫도그 먹으며 생각에 잠기곤 했다. 그러나 지금의 나는 화장실이 급한 게 아닌 이상 휴게소를 그냥 지나치곤 한다. 목적지에 빨리 가고 싶은 마음이 커진 걸까. 목적지로 곧장 가는 길만 생각하는 삶을 살다 보니 이젠 고속도로에서 휴식도 즐길 줄 모르는 어른이 된 듯하다. 갈 길이 먼 와중에 휴식하는 시간은 낭비라고 느껴지기까지 하니까. 여행의 목적이 비단 그 도착지만은 아닐 텐데 말이다. 집을 나서서 그곳으로 가는 길부터 다시 집으로 돌아오기까지의 과정, 그 모든 것이 여행일 텐데. 그러나 나는 나이가 들어갈수록 삶

의 알맹이만을 중요하게 챙기고 있다. 알맹이가 아닌 불순물들은
최대한 제쳐 두는 삶. 삶이 점점 실속만 챙기는 시간으로 채워지고
있는 듯하다. 도로 정체의 스트레스 때문일까. 이 꽉 막힌 도로를
벗어나고 싶다고 생각하면서도 가장 가깝게 달아날 수 있는 휴게
소는 쳐다보지 않은 채 운전대만 붙들고 있다. 여유를 찾아 바퀴를
돌릴 수 있을까. 삶을 단순하게 쓸 줄 알았던 그때의 나로 되돌아
갈 수 있을까.

선물 상자

잃어버린 시간. 모두 나의 뒤편 어딘가로 넘어가 버린 그런 시간. 시간은 지나가며 내게 기억만을 선물로 남겨 주고 떠나지만, 그 시간이 준 기억을 나는 모두 새기지 못한다. 시간이 주는 선물들이 많아질수록 나는 계속 잃어버리기만 한다. 기억하지 못하는 기억들은 무슨 의미가 있나. 나는 속이 텅 빈 상자를 선물로 받는 듯하다. 시간이 지나가길래 뒤를 돌아 쳐다본다. 나의 뒤편 저 멀리까지 바라본다. 저 아득히도 먼 게 내가 가진 선물들인가 보다. 그렇다. 사실 잃어버린 시간은 없었다. 모두 내가 써 버렸기에 지나갔음을 안다. 상자를 열어 내가 사용한 것이다. 내가 걸어온 길을 따라 빈 상자들이 가득 쌓였다.

쓴 것

　　단 건 좋은 건 줄 알았고 쓴 건 좋지 않은 거라고 생각했
다. 행복한 건 좋았고 아픈 건 싫었다. 즐거움은 한없이 달았고
우울은 그저 쓰기만 했으니. 어린아이처럼 쓴 건 삼키려 하지
않았고 들어오면 입 밖으로 뱉어 내려 애썼다. 하지만 그것은 뱉
어지지 않았고 삼키지도 않으니 입안에 더욱 오래 머무를 뿐이었
다. 어렸을 적 아주 쓴 감기약을 먹었던 게 생각났다. 빨간빛을
띠고 있어서 딸기 맛이 날 줄 알았는데 한 스푼 입에 넣으니, 혀
가장자리가 쓴맛에 잔뜩 쪼그라드는 느낌이었다. 삼키질 못하고
고개를 절레절레 저으니 그런 나를 보며 엄마가 빨리 삼키라고
다그치셨다. 마지못해 삼키고 물을 먹었지만 그 쓴맛은 내 입안
에 머무는 동안 이미 배어 버려 쉽사리 지워지지 않았다. 그때 알
았다. 부정하는 시간이 길어질수록 고통의 여운도 오래 남는다는
걸. 쓴 것도 끝내 삼켜야만 한다는 것을 깨달았다. 단 것도 쓴 것
도, 행복도 아픔도 모두 내가 삼켜야만 하는 것들이었다. 그 어느
것 하나 내가 뱉어 낼 수 있는 건 없었다. 나는 알게 되었다. 어른

들은 쓴 걸 좋아하는 것도, 잘 먹는 것도 아니었다. 고통을 오래 머무르게 하고 싶지 않아 어떻게 해서든 조금 더 빨리 삼킬 줄 아는 것뿐. 그것뿐이었다.

필연

모든 것을 이미 결정된 것으로 받아들이는 습관이 있다. 내게 닥친 상황을 부정하지도 크게 이유를 묻지도 않는다. 우연도 운명도 좋아하지만, 내게 닥친 것은 모두 필연이라고 본다. 그래서 받아들임에 있어서 능한 편이다. 지금 일어난 상황이 오기까지 이 세상의 모든 게 연결되어 있다고, 그래서 내가 어찌 피해 갈 수는 없었을 거라고 본다. 하지만 세상에 정해진 건 없다. 세상이 움직이는 대로 내 삶이 움직여지는 건 아니다. 내가 필연을 탓하는 건 아마 긴장하고 싶지 않음 때문이 클 거다. 매일매일 알 수 없는 삶 속에서 예상치 못한 일들이 벌어지는 건 긴장된다. 이 긴장감은 달갑지 않아서 스트레스로 다가올 때가 많다. 그러나 피할 수 없으니 즐거운 거라고 최면을 걸어 본다. 이 모든 건 나의 결정으로 만들어져 가는 삶이지만 필연 탓을 해 본다. 이미 결정된 것이라면 받아들이기만 하면 되니까. 굳이 스트레스 받지 않아도 되니까. 내 인생과 내가 싸울 수는 없다. 이 삶은 피할 수 없다면 즐기라는 말이 아주 적합하다.

삶

아침엔 일어나 일을 찾고, 점심을 먹었다가, 일이 끝나면 저녁을 먹는다. 저녁을 먹은 뒤 잠깐의 시간 동안 하고 싶은 것들을 한 뒤 다시 내일을 위해 잠이 든다. 가까이서 보면 매번 다른 음식으로 식사를 하고, 다른 친구들을 만나고, 책도 읽었다가, 텔레비전을 켜 둔 채로 잠들기도 하겠지만 멀리서 보면 비슷한 양식의 반복일 것이다. 사람들은 말한다. 일상이, 삶이 매일 쳇바퀴 돌 듯 똑같이 굴러간다고. 그러나 정말로 매일 똑같았던 하루는 없었다. 반복되는 일상 속에서도 저마다 다른 순간의 반짝임이 있었고, 그게 우리로 하여금 인생을 사랑하게 해 줄 것이다. 누구나의 매일이 두드러지게 다르진 않으니, 삶은 그저 두 다리로 매일 차근차근 걸어 나가는 일을 사랑하는 것이다. 매일 걸으니 매일 사랑하는 걸하는 삶이다.

담담淡淡

생각에 빠졌다. 진정한 어른이 된다는 건 무엇일까? 우선 어른스럽지 못하다거나 철이 없다고 느껴지는 경우를 먼저 알아내야 앞선 질문의 답을 찾기 수월해질 것 같다. 보통 감정을 다스리지 못할 때 '어른스러움'과 거리가 멀어진다. 화가 날 때 곧바로 언성이 높아지거나 불쾌할 때 곧바로 짜증을 표출하는 등, 불쑥불쑥 튀어나오는 감정의 틈을 잘 다스리지 못하는 사람들. 그렇다면 어른이라는 건 감정을 잘 다스릴 줄 아는 사람인 것 같다. 생각해보니 어느 경우에도 침착한 사람들을 볼 때면 '저 사람 참 어른스럽다.'라고 느껴졌다. 감정에 치우치지 않고 침착하다는 건, 할 말을 참고 입을 꾹 다무는 게 아니다. 튀어나오는 감정에 억양을 보태지 않고 평정심이 돌아올 때까지 잠시 가다듬은 후에 하고 싶은 말을 담담하게 상대방에게 전달할 줄 아는 사람이다. 걸으면서 마시는 뜨거운 커피에 혀가 델 줄 알면서도 곧장 입술을 들이밀기보단, 잠시 멈춰 서서 출렁이던 수면이 잔잔해질 때까지의 기다림을 견딜 줄 아는 마음을 지닌 그런 사람이 되고 싶다.

숨

어젯밤에 선풍기를 머리 쪽으로 하고 잔 탓인지 목감기에 걸렸다. 기관지에 공기가 닿으면 간지러워 매초 기침이 나오는 바람에 누군가와의 대화가 어려웠다. 대화는커녕 혼자 숨 쉬는 것마저 불편해 가끔은 몇 초간 숨을 참아 보기도 했다. 그래도 나오긴 했지만. 잠자리에 누우면 더욱 고역이었다. 기침 때문에 잘 수가 없어 괴로웠다. 숨을 쉰다는 게 이렇게 고통스럽게 느껴질 때가 있었나, 생각이 들었다. 몇 주라는 꽤나 긴 시간 동안 불편함과 함께했고 두 달 정도 되었을 때 완전히 다 나았던 것 같다. 사실 살면서 숨 쉬는 것에 대해 깊게 감사해 본 적은 없었다. 누구든 생각하며 숨을 내쉬진 않으니까. 아팠던 두 달 동안 공기를 들이마시고 다시 내뱉는 한 번의 과정마다 고통과 불편함을 씹었다. 지금은 괜찮아진 지 꽤나 시간이 흘렀음에도 들이마시고 내뱉는 한 번의 호흡에 감사함을 느낀다. 뼈저리게 힘들었던 기억이 고스란히 숨에 녹아들었나 보다. 세상에 당연한 건 없다고, 당연하다 여겼던 게 있다면 한번 잃어 보고 그 감사함을 느껴 보라고 감기가 일러 주었다.

하루가 고달프게 느껴질 때나 불평불만이 많은 날엔 아주 크게 폐를 부풀린 다음 원 없이 한숨을 내쉬며 속으로 되새긴다. 내가 너무 많은 걸 바란 게 아닐까. 그래, 고통 없이 숨 쉬는 것마저 감사한 삶이다.

생각

    간절히 바라는 어떤 일을 하기에 앞서 나는 생각한다. 모두 내가 생각하는 대로 될 거라고. 하지만 동시에 생각한다. 이 일이 꼭 이뤄지지만은 않을 수도 있다고. 그러나 일이 되든 안 되든 나는 그 사실을 알고 있으며, 시도할 수 있다고 생각한다. 나는 그 사람을 사랑한다. 그래서 사랑을 표현할 수 있다. 그러나 그 사람은 나를 사랑하지 않을 수도 있다. 나는 사랑을 원하지만 이뤄지지 않을 수도 있다는 생각도 한다. 생각하는 대로 사는 사람은 좋은 상황과 안 좋은 상황을 동시에 열어 둔다. 어느 쪽으로 걸어가게 되든 모두 내가 생각했던 길이다. 원하는 대로 되지 않지만 생각한 대로는 된다. 모든 것은 충분히 그럴 수 있다고 생각하면, 일이 성공이 되고 사랑이 실패가 되어도 받아들일 수 있다. 세상이 내 생각대로 안 된다면, 세상이 돌아가는 방법에 맞춰 내 생각을 바꾸면 된다.

보답

몸은 언제나 마음의 편이고, 마음은 언제나 내 편이다. 내가 마음을 꾸짖으면 의기소침해져 자신을 찾지 못하게 집으로 들어가 불을 끄고 숨어 버린다. 녀석을 더욱 미워하면 이불 속으로 들어가 꽁꽁 숨어 버린다. 몸은 마음의 편이다. 마음이 숨어 버리면 몸은 힘을 잃는다. 연인과 헤어진 것처럼 활력 없이 기운 빠진 몸뚱어리가 되어 버린다. 마음을 풀어 주지 않으면 몸은 이내 시들고 병든다. 하지만 기분이 안 좋았다가도 예뻐라 해 주면 언제 그랬냐는 듯 힘을 내고 씩씩해지기도 한다. 마음은 칭찬받는 것도, 예쁨 받는 것도 좋아해서 언제나 사랑을 갈구한다. 마음을 사랑해 주면 마음은 더 큰 생기로 내게 보답하고 몸은 그런 마음에게 활력으로 보답한다. 그렇게 사랑은 모두 자신에게로 돌아온다.

어디로 흐르는지 모를

바다 위 저 멀리 서핑하는 사람들이 보인다. 다가오는 거센 파도에 대항하듯 그 물살을 타고 자유자재로 넘나든다. 집어삼킬 듯한 기세로 다가오는 파도가 무섭지도 않은 걸까. 혹은 호랑이처럼 달려드는 파도의 등 위에 번쩍 올라타 그것을 길들이고 다뤄내는 짜릿함이 있는 걸까. 하지만 파도 없이 잔잔한 물결이 몸을 맡기기엔 더 좋다. 나의 마음을 조금 더 움직이게 만드는 것은 유연하고 한없이 부드러우며 또 연약한 것이다. 부드러운 것에는 내 온몸을 맡기고 싶다. 그 연약한 것과 자연스럽게 흘러가도록 내버려 두고 싶다. 거칠게 나를 몰아세우는 것에 힘입어 동승하면, 내 의지보다 더 강한 힘에 끌려다니는 것 같아 힘이 부친다. 그래서 빨리 내리고 싶어진다. 부드러운 것이 나를 슬며시 떠밀면 나는 떠밀리는 줄도 모르는 채, 그것과 함께 어깨동무를 하고 나아간다. 부드러운 것은 나를 움직이게 하는 동력이 세며, 강한 것은 도리어 나를 멈춰 세운다. 그러니 진정 강한 건 연약하고 부드러운 것이다. 누군가의 마음을 잘 움직이게 하는 사람은 파도 같은 거센 힘을 가진 게 아니라, 어디로 흘러가는지도 모르게 흘러가는 그런 물너울의 힘을 지녔으리라.

한결같음

단단한 마음도, 단단한 사람도 변한다. 지금보단 더 굳셌던 어릴 적 나는, 한번 정한 것은 번복하지 않고 그 모습을 유지하는 게 옳은 거라 믿었다. 그렇게 굳건한 마음을 지니면 사람이 더 단단하고 강인해 보일까 싶어서. 그런데 언제나 한결같을 거라고 믿었던 내 모습이 바뀌고 나서야 깨달았다. 절대 변하지 않을 것 같던 금속에도 열을 가하면 액체가 되어 녹는 것처럼, 세상에 그 아무리 단단하고, 크고, 굳센 것들이라도 결국 변하고 만다는 걸. 그게 뜨거운 불씨와 맞서 본 증거이고 내게 남는 삶의 흔적이라는 걸. 지금의 나는 어릴 적보다 덜 굳세다. 이게 본모습일지도 모르겠다. 사실 사람은 모두 물렁물렁한데, 그걸 단단하게 굳혀 방패로 사용하는 방법밖에 모르고 산다. 그것을 자신의 본래 모습이라고 착각했다는 쪽이 맞는 것 같다. 요즘 나는 무른 사람으로 산다. 무르게 살다가 견고한 방패가 필요할 때만 굳세진다. 한결같다는 말은 어쩌면 세상에 존재하지 않는, 바람 같은 단어일지도 모르겠다.

물 머금은 꽃

　　비 오는 날 걷다 보면 젖은 도시가 눈에 들어온다. 보이는 대부분의 것들은 비를 맞아도 끄떡없어 보인다. 하지만 화단 근처에 피어 있는 작은 꽃은 조금 다르다. 이름은 잘 모르겠지만 아무튼 비를 잔뜩 머금은 채 고개를 숙이고 있는 모양새가 꽤나 힘들어 보인다. 겨우 빗방울 좀 맞았다고 축 처져서는, 자꾸 보면 불쌍한 마음이 조금 생긴다. 그 축 처진 꼬락서니에 왠지 모를 동질감이 느껴지는 건 왜일까. 참으로 웃기다. 나는 꽃도 아닌데 저 모습이 꼭 나처럼 보인다. 아, 아닌가. 혹시 나도 화단에 핀 이름 모를 꽃이려나. 힘듦을 잔뜩 머금고 축 처져 있지만, 그것을 양분 삼아 흡수할 꽃. 다음날 더욱 어깨를 활짝 펼 꽃. 그래, 지금은 머금은 게 많아 고개가 무겁겠지만, 비가 그치면 전부 다 괜찮아질 거다.

조화로움

글을 쓰다 보면 덧붙이고 싶은 말들이 자꾸 늘어난다. 쓰고 싶은 표현도 많고, 들고 싶은 비유도 많다. 같은 의미의 다양한 문장이 나오기도 한다. 그것 중 가장 적절하고 괜찮은 단어들을 골라 가장 괜찮은 문장을 완성한다. 크리스마스트리를 장식하는 일과 같다. 나무에 여러 장식들을 매달아 보며 그것들이 서로 겹치지 않게 적당한 간격을 만들어 준다. 조명이 드나드는 길과 장식이 서로 엉키지 않게 다듬어 주고, 화룡점정으로 맨 위에 별 모형을 얹어주고 나면 완성된다. 글을 쓰는 일은 적절히 글에 마침표를 찍을 줄 아는 일이다. 트리에 온갖 장식을 전부 매단다고 예쁜 결과물이 나오지 않듯이, 하고 싶은 말이 많다고 계속 말을 덧붙였다간 좋은 글을 만들지 못한다. 비단 트리를 만들거나 글을 쓰는 일뿐만 아니라, 우리가 살아감에 있어서도 욕심을 잠시 버리고 조화를 생각하여 행동하면 더욱 아름다운 작품이 만들어질 수 있다.

유치

　나는 부족함이 있는 사람이다. 그저 이 부족함을 부끄럽게 여기지 않을 뿐이다. 내가 부끄럽게 여기는 순간 숨기고 싶어질 테니까. 숨기고 싶다는 건 결점으로 자리 잡힌다는 것이니까. 내가 박아 버린 이 결점을 아무도 빼내 주지 못한다는 것을 안다. 그렇기에 애초에 결점으로 박아 버리지 않기 위한 나의 방법. 부끄럽게 여기지 않기, 숨기지 않기. 누구나 가지고 있을 부족함을 부끄럽게 여기는 것은 곧 빠질 유치를 부끄러워하고 두려워하는 아이와 같다. 내가 가진 부족함을 덧나지 않게 보살펴 주는 일이 더욱 필요하다. 유치가 흔들리는 게 결함이 아니라는 걸, 부족함은 누구에게나 자연스레 있다는 걸 받아들이면 그것을 두려워할 필요는 없다는 걸 알게 된다. 나의 어떤 부분이 흔들려도 그 자리를 억지로 뽑아내려 하지 않아도 되며, 튼튼하지 않음을 부끄럽게 여기지 않아도 된다. 내가 해야 할 일은 나의 어떤 부분이든 그것을 잘 보살피는 것. 그것뿐이다.

편백나무

큰 편백나무에서 오는 위압감을 좋아한다. 웅장한 나무들 사이에 있자면 마치 난쟁이가 된 듯하다. 이 편백나무도 나와 비슷한 키일 때가 있었겠지, 하고 상상해 보지만 쉽게 상상되진 않는다. 내가 살아갈 시간도 저 편백나무 길이처럼 높고 기다랗게 늘어져 있을 거라고 생각해 보니 그 또한 상상되지 않는다. 나의 엄마를 보며 엄마의 15살 때 소녀의 모습이 상상되지 않듯이, 지나가는 할아버지 할머니들의 팔팔했던 20대 때가 감히 상상되지 않듯이, 나의 지금 모습도 누군가 쉽게 생각하기 어려운 시절이 되겠지. 우리의 삶은 책을 읽듯 한 장씩 한 장씩 넘기느라 시간이 걸리지만, 편백나무도 제가 저 하늘 높이까지 자랄 거라고 생각지 못했던 것처럼, 나의 엄마처럼, 길거리의 할아버지 할머니처럼, 결국엔 책의 마지막 문장을 읽을 날이 온다는 걸 잊지 않는다. 그렇게 책의 모든 내용을, 그리고 나의 모든 삶을 소중히 대한다. 언젠가 저 편백나무의 가장 높은 곳에 도달할 모습을 상상하며.

솔직함의 거리 그리고 명분

전에는 내가 가까워지고 싶은 사람들에게 거짓말 그 자체를 하지 않는 것이 중요하다고 생각했다. 그래서 뭐든, 진심인 사람 앞에서는 서슴없이 나의 모든 진실을 털어놓곤 했다. 하지만 좋은 것이라고 믿었던 솔직함은 곧 우리 사이에서 악역으로 탈바꿈하기도 했다. 가령, 내가 겪었던 트라우마에 대해서 숨김없이 말하자 나중에는 그 트라우마가 나를 문제 있는 사람으로 보이게끔 만드는 명분이 되어 버리곤 하는 것 말이다. 단순히 나라는 사람에 대해서 온전하게 이해해 주길 바라고자 말했던 것들로 훗날 도리어 나를 공격하다니. 과연 나의 진실 어디까지를 누군가가 이해로 받아 줄 수 있을지. 이해받지 못할 진실 때문에 가슴속에 또 다른 트라우마를 만들 바에야 차라리 거짓말을 해서라도 아픔을 꼭꼭 숨기는 게 나았을지도 모르겠다.

기적이라 불리는 시간

　기억에 남는 축구 경기가 있다. 1대 0의 스코어에서 마지막 추가 시간으로 5분이 주어진 경기였다. 선수들은 동점이라도 만들어 보자는 심산으로 임했겠지만, 이게 웬걸. 그 5분 안에 두 골이나 넣어 역전으로 우승을 하게 되었다. 그 경기를 뛴 선수들도, 함께 자리에서 지켜본 수백 명의 관중도, 이 경기에서 역전승을 할 거라고는 그 누구도 예상하지 않았을 거다. 알 수 없는 희열과 감동이 물밀듯 밀려왔다. 경기가 끝난 후 인터뷰에서 선수가 말했다. 그저 끝까지 최선을 다해서 뛰었다고. 누군가는 추가 시간 5분을 보며 어차피 끝이라고 은연중 포기했을 수 있다. 스포츠를 보며 느낀다. 마지막이라는 시간은 없다는 걸. 모든 시간은 동일할 뿐이다. 그러나 우리는 막바지에 다다르면 자주 착각하곤 한다. 어차피 끝났다고. 그러나 경기 중의 5분과 추가 시간 5분을 동일하게 여기는 사람에게는, 그저 포기하지 않는 자만이 가질 수 있는 행복이 찾아온다. 누군가는 그걸 기적이 일어났다고 표현할지 모르지만, 어쩌면 어느 정도 예측할 수 있는 것이지 않을까 싶다. 비단 스포츠뿐만이 아니다. 우리의 인생 또한, 마지막까지 포기하지 않은 사람은 쉽게 포기한 사람보다 승리에 더 가까워진다. 그래서 우리는 스포츠 경기를 보며 희열을 느끼고 감동을 받는 게 아닐까.

눈 뜨면 사라지는 꿈

꿈을 자주 꾸는 편이다. 그 기억이 오래가는 건 아니지만 곧바로 눈을 떴을 땐 순간의 기분까지 현실과 분간이 안 될 정도로 생생하게 느껴지기도 한다. 방금 있었던 일들이 실제가 아니라는 걸 자각하기까지는 시간이 조금 필요하다. 보고 싶었던 사람이 등장한다거나 하늘을 나는 일은 재미있지만 위협적인 누군가에게 쫓긴다거나 징그럽게 생긴 괴물이 등장하는 등의 사건들이 빈도수가 더 높은 듯하다. 아니면 인상 깊게 남아서 더 그렇게 느끼는 걸 수도 있겠다. 쫓긴다거나 급박한 상황에서 깨어나면 분명 잠을 자다 일어났음에도 결코 잔 것 같지 않다. 꿈은 현실에서의 나의 상태를 반영해 준다는 내용을 본 적이 있다. 그래서 꿈속에서 힘든 일을 겪고 일어나면 내가 근래 스트레스를 많이 받았나 되짚어 보곤 한다. 꿈속에서 나를 쫓아오던 괴한과 한입에 집어삼킬 듯 커다랬던 괴물이 사실은 나의 고민거리와 스트레스였다고 생각하면 조금 우습기도 하다. 현실에서도 그런 생각을 한다. 내가 지금 당장 겪는 두려운 일들과 무서운 사람들도 사실은 내 꿈의 일부고, 내가 겁내고 두려워하는 그 모든 것들은 현실에 눈을 뜬 순간 잔상이 되어 흩어질 것들이라고. 그렇게 생각하면 두려울 게 없으니까.

옥수수

어머니가 장을 봐 오시며 옥수수를 사 왔다. 한 알씩 뽑아 먹으며 생각했다. 어떻게 얼굴이 이렇게 여러 개일까. 나의 얼굴에 대해서 생각했다. 나도 얼굴이 여러 개던데. 만나는 사람마다 나를 다르게 생각한다. 그 말은 내가 사람마다 다르게 행동하고 말했다는 뜻이 된다. 나라는 인간은 일관성이 없는 걸까. 그 사실을 알고선 잠시 고민에 빠졌었다. 한결같음을 어딘가 내버려 두고 살아가도 괜찮을 것인지. 이건 양면성도 아니라 다면성이다. 사실 나도 조금은 알고 있었다. 허구한 날 마음속에서 1인극이 펼쳐지니까. 안 해 본 역할이 없을 정도다. 지켜야 할 가족들을 위해 전장에 나서는 장군도 됐다가, 성에 갇혀 왕자를 기다리는 공주도 됐다가, 잃을 것 없이 세상을 떠도는 방랑자까지. 비단 나뿐만이 아닐 거다. 사람이라는 하나의 겉모습을 자세히 들여다보면 속에 알갱이는 여러 개다. 내가 지금 먹고 있는 이 옥수수처럼. 그러니 사람은 옥수수인 거다. 조금 다른 점이 있다면, 우리는 한 알 한 알 다른 맛이 난다는 것. 더욱 마음껏 1인극을 펼쳐 봐도 되겠다.

글의 힘

책 좀 그만 읽으라는 꾸중을 들어 본 적 있다. 물론 우스갯소리로 던져진 말이었지만, 그 말을 듣고 곰곰이 생각해 보았다. 나는 왜 계속해서 책을 읽을까. 책 읽는 게 결코 쉬운 일로 느껴지는 건 아니다. 시간을 내야 하고 집중도 해야 한다. 한 권을 끝까지 읽으려면 끈기도 요구된다. 책을 가볍게 읽은 적도 있지만 정말 깊게 빠지게 된 건 계기가 있다. 인생에서 크게 넘어진 시절이었다. 책 속의 글이 나보고 일어나라며 손을 내밀어 준 것처럼 느껴졌고, 난 그 손을 잡았다. 그 뒤로 또 넘어지지 않은 건 아니지만 내가 절뚝거리고 힘들어할 때마다 책 속의 글은 괜찮다며 계속해서 내 손을 잡아 주었다. 때론 사람에게, 때론 음악에 위로를 받을 때도 있었지만 그 무엇보다 내게 깊숙이 들어온 건 글이었다. 읽으면 읽을수록 글은 내 마음속에 새겨져 큰 힘을 주었다. 책을 읽을 수 없을 때는 내 마음속 책장을 열어 그곳에 차곡차곡 쌓인 글을 꺼내 읽었다. 내가 다시 일어날 수 있게 도와준 주문 같은 힘, 바로 글이었다.

완벽

　　칭찬받는 게 참 좋았다. 어릴 적, 한 학급에는 마흔 명이 조금 안 되는 친구들이 있었는데 그 속에서 선생님 말씀을 잘 듣는 것만으로 칭찬받기란 여간 어려운 게 아니었다. 그래서 청소 시간이 되기 전에 솔선수범하여 빗자루를 먼저 찾아 움켜쥔다거나 수업 시간에 질문이 오면 제일 먼저 대답하고 싶어 교과서를 미리 훑어 봤었다. 남들보다 앞서서 완벽하게 보여 줘야 관심받을 수 있었고, 타인으로부터 오는 칭찬은 성장에 꽤 좋은 거름이 되어 주었다. 이러한 경험은 완벽주의를 추구하는 성향을 만들어 줬다. 틈이 보이면 칭찬을 받을 수 없기에 완벽하게 해 놔야 한다는 강박이 깃든 걸까. 감정 표현에도 예외는 아니었다. 언제나 밝고 씩씩하며 당당한 모습만을 보여 줬고, 틈이라고 생각되는 감정들은 들키지 않게 숨겼다. 실수가 있으면 칭찬을 받지 못하니까. 아픈 감정을 가지고 있다는 걸 보여 주는 건 실수라고 느껴졌다. 그렇게 어렸을 때부터 실수로 치부해 버렸던 아픈 상처들은 결국 내가 완벽해지지 못하게 발목을 잡아 버렸다. 밝은 사람이

125

라고 칭찬받고 싶었던 나는 사실 보따리 안에 아픔을 넣은 채 어깨 위에 이고 다니던 사람이었고, 그 안에 넣고 넣다가 무거워진 보따리를 더 이상은 이고 다니지 못할 지경에 다다랐다. 이제는 그 보따리를 풀어, 칭찬받지 못할까 두려웠던 어린 마음을 하나씩 꺼내어 본다. 세상에 완벽한 건 없었다. 밝은 게 완벽한 것도 아니었고 아픈 게 실수도 아니었다. 이제는 안다. 내가 나의 아픔을 꺼내어 보살핌으로써 그렇게 갈망하던 완벽과 조금은 비슷해질 수 있다는 것을.

기준

  도덕적으로 착하고 옳은 것을 선이라 하며, 도덕적으로 어긋나고 나쁜 것을 악이라 한다. 사회 구성원들의 양심과 여론, 관습 등을 기준으로 규제되는데 우리는 대부분 자신이 좋다고 느끼는 건 선으로, 나쁘다고 느끼는 것은 악이라고 한다. 같은 것을 두고 누군가는 나쁘다고 느끼지 않았더라도 자신이 악으로 느꼈다면 그것은 악이 되곤 한다. 결국 살아가는 데 선악을 직접 느끼고 경험하는 저 자신이 기준점이 된다. 도대체 선과 악의 기준이 공평한 건지 의심이 든다. 같은 기준을 가진 사람끼리 만나면 그 기준이 옳다는 증명이라도 되는 양 착각한다. 그러곤 의심도 하지 않은 채 스스로를 더욱 확신한다. 하지만 그건 두 개의 동일한 견해일 뿐 결코 옳다고 할 수는 없지 않은가. 결국 모두 본인만의 기준을 가지고 판단하며 살아가기 때문에 누군가를 보고 함부로 이기적이라고 말할 수 있을까 싶다. 결국 나 또한 누군가의 기준으로 보자면 이기적인 사람 중 한 명일 수도 있을 테니까.

빛을 향해

　지하철에서 나와 집으로 향하던 중 벌레 한 마리가 얼굴 앞에서 귀찮게 굴길래 손을 휘저으며 날려 보냈다. 벌레가 휘청휘청 위로 날아 올라간다. 얼마나 힘든 일이 있었길래 저렇게 비틀대며 갈까. 고개를 들어 녀석의 뒷모습을 쳐다보다가 나를 보고 있던 가로등과 눈이 마주쳤다. 키도 무지하게 큰 녀석이 고개만 푹 숙여 날 쳐다보고 있는 것 같다. 저 높은 곳에서 아래를 내려다보는 건 무슨 기분일까. 아무래도 높으니까 좋긴 하겠지. 여행에 갔을 때 꼭 가 봐야 한다며 방문했던 높은 빌딩이 생각났다. 높은 빌딩에 올라가면 시선은 자연스레 아래로 향한다. 하염없이 펼쳐진 빽빽한 풍경을 감상했지만 전혀 아름답다는 느낌이 없다. 가로등의 시선도 피차일반 아닐까 싶다. 정말 아름다운 풍경은 높은 곳에서 내려다보는 시선이 아니라, 고개를 위로 들 때 펼쳐진다. 저 위에는 빽곡한 집도 빌딩도 사람도 없지만 그래서 아름답다. 나는 고개를 아래로 떨궜다. 보이는 건 시멘트 바닥 위의 그림자뿐이었다. 나는 작으니, 이 낮은 곳에서 고개를 올리면 저 위의 더 큰 풍경을 담

을 수 있을 것 같다. 이제 키 큰 가로등은 부럽지 않다. 올려다보는

세상은 내려다보는 세상보다 더욱 눈부시게 밝다는 걸 알았다.

궁핍

우리는 항상 시간이 부족하다. 누구보다 일찍 일어나고 누구보다 주말을 일찍 마무리하지만, 항상 책을 읽을 시간이 부족하고 여행 갈 시간도 부족하다. 일을 완벽하게 처리할 시간도 부족하고, 잠깐 시간 내 머리를 자르러 갈 시간도 부족하며, 미래를 위해 큰돈을 모을 시간도 부족하고, 건강 챙길 시간도 부족하다. 삶을 소중히 여기는 마음 때문에 우리는 자꾸 삶이 결여되는 느낌을 받는다. 너무 사랑해서 도리어 느끼는 외로움. 내 시간이 궁핍한 이유는 내가 삶을 너무 사랑해서 그런가 보다.

방어

거북이는 건드리면 머리와 네 다리를 등딱지 속으로 숨긴다. 자신에게 위협이 느껴질 때 무의식적으로 스스로를 지키는 방어 기술이다. 나는 갈등 앞에서 거북이처럼 나의 온몸을 숨겼다. 불쾌감을 드러내는 방법을 몰라서 상황 속에서 자신을 속이고 내 관점을 바꾸는 게 빠르고 쉽게 느껴졌다. 그러나 이것은 나를 지키는 방법이 아니었다. 외면하고 도피하는 일이었다. 거북이는 등딱지 속으로 숨는 세 맞지만 내겐 맞지 않는 미성숙한 방어 방법이었다. 복어는 건드리면 몸집을 크게 부풀려 가시를 세우는 것처럼, 공작새는 큰 깃털을 펼쳐 위협을 주는 것처럼 내게는 등딱지 밖으로 고개를 내밀고 마주할 줄 아는 자세가 필요했다. 성숙한 방어 방법. 복어처럼 가시를 세우기보단 공작새처럼 깃털을 펼치는 쪽이 맞았다. 크게 분노하거나 화를 내지 않고도 말로써 불쾌했던 감정을 전달하는 것. 적으로부터 나를 지키는 방법을 찾아냈다. 앞으로 나는 위협을 주는 이 앞에서 한 마리의 공작새가 되어 보겠다.

다리

오늘도 여전히 산책에 나섰다. 가을 무렵이라 그런지 나뭇잎들이 한껏 울긋불긋해졌다. 겨울에 앞서 해가 저무는 시간이 꽤 일러졌다. 그래도 오랫동안 저무는 해 덕분에 산책길에는 긴 노을을 볼 수 있다. 울긋불긋한 나뭇잎들이 저무는 빛을 받으니 채도가 더욱 선명해졌다. 빛을 받은 나무는 영롱하고 아름답다. 고개를 들고 실컷 색조를 음미하다가 시선을 내렸다. 높은 나무들 아래 아직 빛이 닿지 않아 그늘져 있는 작은 나무들이 보인다. 푸른 잎이지만 생기 있어 보이진 않는다. 빛을 받는 나무와 빛을 받지 않는 나무의 생동감이 확연히 차이 난다. 저 작은 나무들도 따스한 햇볕을 받고 싶어 할 것 같아 괜히 마음이 안쓰럽게 느껴진다. 사람도 그늘져 있으면 저 작은 나무처럼 초라하게 비칠까. 안쓰러움이 나무와 다를 바 없겠지. 아, 나에겐 두 다리가 있다. 나무는 다리가 없어 한곳에 우뚝하니 서 있다. 빛이 오면 빛을 쬐고, 빛이 오지 않으면 쬐지 못한다. 살아지는 대로 산다. 그러나 나는 그늘 밑에서 생기 없이 있다가도 빛이 내리쬐는 곳을 발견하면 그곳을 향해 갈 수 있다. 우리에겐 원하는 곳으로 나아갈 수 있는 두 다리가 있다. 살아가고 싶은 대로 살 수 있다.

넓음

시야 끝, 저 멀리 있는 것이 좋다. 아주 멀리에 있어서 그 크기를 가늠할 수 없을 정도의 거리가 좋다. 가까이 있는 것은 자꾸만 헛된 희망을 품게 한다. 내 마음을 감상에서 그치지 않게 한다. 자주 보게 하고, 손을 뻗게 만든다. 그리고 그것들도 자꾸만 나를 보고, 나에게 손을 뻗는다. 서로를 괴롭게 만든다. 아주 멀리 있는 것들은 그저 바라보는 것만으로도 경이로움을 안겨 준다. 저것과 나 사이의 먼 거리를 느끼면서 이 세상의 크기를 체감한다. 세상을 느끼고 나면 내 마음도 따라서 넓어진다. 이 세상이 넓음으로 가득 차 있다는 진실은 나를 벅차오르게 만든다. 이것은 희망과 감격의 벅차오름이다. 가까이 있는 것들로 괴롭힘을 당할 땐 시야가 도달할 수 있는 아주 먼 곳을 감상한다. 내가 눈으로 볼 수 있는 가장 먼 것. 저기 달이 보인다. 달을 응시하며 우리 사이의 거리를 몸으로 느껴 본다. 닿을 수 없는 거리만큼 마음을 넓혀 본다. 헛된 희망을 품지 않는다. 품지 않으니 이내 마음이 넓어졌다. 모든 것이 괜찮아진다.

키움

세상이 갓난아이 같다. 방긋 웃음 짓게 하고 싶어서 부렸던 재롱이 그 아이를 실컷 울게 만든다. 내 이 선한 의도와는 다르게 흘러가 가끔은 땀이 삐질 날 정도로 당황스럽기도 하다. 누구나 부모가 처음이라 아이의 모든 반응을 알아차리는 데에 시간이 걸리듯이, 좋게좋게 키우고 싶은 마음을 가진다고 아이가 내 마음 따라 좋게만 성장하는 건 아니듯이, 처음 살아 보는 세상에서 내가 어떻게 해야 방긋 웃음 지을 수 있는지 깨닫는 데까진 꽤 시간이 걸릴 듯하다. 언제나 좋은 마음 따라 살지만 나 좋은 대로 살기는 어렵다. 그래도 선한 마음은 선한 영향을 끼칠 테니까 이 마음 잃지 말고 내 세상에 좋은 부모가 되어 보겠다.

돌봄

나는 안다. 앎이란 하나의 눈을 뜨게 해 주는 것이다. 눈을 뜨는 것은 꿈에 속지 않고 현실을 직시한다는 것이다. 꿈에서는 넘어져서 무릎에 피가 나도 아픔이 없지만, 이곳에서는 내가 넘어지면 정말로 아프다는 것을 알고 있다. 내가 안다는 것은 나를 위험한 상황에서 도와주는 역할이 되어 준다. 강 한가운데 놓여 있는 저 돌을 밟고 내가 건너편으로 건너갈 수 있을까, 에 대한 상황을 나는 실질적으로 알아챌 수 있다. 그리고 그 알아챔으로 나를 돌볼 수 있다. 그 돌을 밟는 무모함에 스스로를 던지지 않아도 된다. 나를 돌볼 줄 안다는 것은 살아가는 하나의 기술이다. 앎을 배우며, 그렇게 더 이상 속지 않는 기술로 나를 구한다.

처방

    며칠째 목이 아픈 게 낫질 않아 약국으로 향했다. 상태에 맞는 약을 처방받고 집으로 돌아왔다. 물 한 컵을 따라 놓고 알약을 입에 넣으려다가, 문득 빛깔 고운 알약의 자태를 보고 호기심이 생겼다. 입안에 넣은 채로 아주 조심스럽게 깨물어 살짝 터뜨렸다. 캡슐 밖으로 약이 흘러나온다. 보기와는 다르게 생각보다 많이 쓰다. 알약으로 만든 이유가 있었다. 따라 놨던 물 한 컵을 전부 들이켰다. 그럼에도 혀에 쓴맛이 가시질 않는다. 한 겹 코팅된 것 같다. 나는 가끔 이런 알 수 없는 짓을 한다. 맛보지 않아도 됐을 고통을 씹는다. 그래도 후회는 크게 없다. 지금이 아니더라도 언젠간 한 번 이 알약을 터뜨려서 먹어봤을 테니까. 살다 보면 머리보단 몸이 직접 겪어야 비로소 와닿을 때가 있다. 머리로는 안 된다는 걸 알면서도 이 나태함을 이기지 못할 땐 알약을 씹어 먹듯 일을 벌여 놓는다. 벌어진 상황이 내 몸을 벌떡 일으켜 줄 테니까. 쓴맛이 내 온몸을 덮고 나면 나는 누워 있을 시간이 없다. 정신 차리기 딱 좋다.

삶의 무게

마트에서 장을 보고 오는 길엔 항상 짐이 한 보따리다. 살게 이리 많진 않았던 것 같은데도 막상 가 보면 필요했던 것들이 넘쳐난다. 내 몸뚱어리만 한 봉투를 당연하다는 듯이 한 손에 들고 가시는 아버지에게 다가갔다. 그러고는 한쪽 손잡이를 슬쩍 가져갔다. 나눠 들으니 한결 낫다는 말이 들려온다. 어렸을 적 마트에서 돌아오는 길에 장바구니를 한 손으로 쥐고 가는 아버지를 보면 그리 든든해 보일 수 없었다. 어른들은 다 저렇게 힘이 세구나, 하는 동경 어린 시선을 보내곤 했다. 지금 와서 보니 손에 번쩍 들린 그 장바구니가 어찌나 무거워 보이는지. 이제서야 느껴진 걸까. 아버지가 이고 다니던 삶의 무게가 고스란히 보인다. 장바구니를 혼자 들고 집에 돌아가는 사람은 삶을 온전히 떠안고 사는 사람이다. 나는 집 가는 길에 혼자 장을 보고 갈 수 있게 되었다. 그리고 누군가의 장바구니 손잡이 한쪽을 나눠서 들어 줄 수도 있게 되었다. 나는 이토록 무거운 삶을 짊어진 채로 걸어 나갈 수 있는 사람이 되었다.

그릇

어머니는 그릇 모으는 걸 좋아하셨다. 가끔 그릇장을 보면 나도 모르는 새에 그 안에 새로운 컵과 접시들이 놓여 있었다. 그릇에 대해 의미를 크게 두지 않았던 나는, 다양한 접시들을 보며 궁금해했다. 예쁜 접시를 사는 게 좋으신 걸까. 그날 저녁, 찻장 안에서 크리스털처럼 보이는 고급스러운 잔을 꺼내 들었다. 이곳에 우유를 따라 마셔 보고 싶어졌다. 냉장고에서 우유를 꺼내 든 내 뒤로 어머니의 꾸짖음이 들려왔다. 이건 우유 따라 마시는 컵이 아니라고 하시며 다른 잔을 내어 주셨다. 그런 게 어딨냐며 투덜이는 나에게 어머니는 음식마다 알맞은 접시와 컵이 있다고 설명해 주셨다. 용도에 알맞은 그릇이라니, 재미있었다. 사람들 마음속에도 그릇장이 있을까. 다 똑같이 담을 수 있는 그릇처럼 보이지만 알고 보면 제각기 다른 모양으로 담을 수 있는 게 다른 그릇. 어떤 사람을 만나느냐에 따라 그 사람에게 맞는 그릇을 꺼내어 마음에 담아야 하는 것이다. 아직은 한 번에 알맞은 그릇을 찾지 못하지만, 누군가를 위한 예쁜 그릇을 많이 만들고 다듬어 놔야겠다.

예측 불허

예상보다 일이 잘 안 풀리는 날이 있다. 공을 잘 굴렸는데 이상하게 굴린 곳으로 가는 게 아니라 딴 길로 새서 밖으로 빠져버린다. 그리고 생각보다 일이 잘 풀리는 날도 있다. 큰 기대 없이 굴린 공이 서 있던 핀을 모조리 쓰러트려 스트라이크를 띄워 준다. 모든 일은 연습하고 노력하고 준비한 만큼의 결과가 따른다고 생각하지만, 우리의 예상 범주를 벗어나서 일어나는 일들도 참 많다. 우리는 그저 예측할 뿐이다. 그리고 그 예측에 한 발이라도 가까워지기 위해 노력해서 확률을 최대로 높인다. 종종 우리가 생각한 예측에서 벗어나는 일이 발생해도 놀라거나 당황하지 말자. 그냥 그런 거다. 이 삶에서 확신할 수 있는 유일한 건, 모든 것은 예측 불허하다는 것뿐이니까.

선망

이뤄 본 적 없는 꿈들에 대한 선망과 두려움이 공존한다. 어릴 적부터 꿈이 많았다. 세상에 선망하는 일들이 많았다는 의미다. 처음에는 누구나 준비되지 않은 채지만 그 상태로 첫발을 디디는 게 싫어, 좋은 기회가 와도 겸손으로 가장하여 마다한 적도 있었다. 사실 겸손이 아닌 용기 없음이었다. 한 번을 하더라도 잘하고 싶었던 마음이 컸던 것만큼은 분명하다. 선망은 그저 나의 상상이 가미된 포장지일 뿐이었다. 그 포장지를 뜯어내고 안에 발을 디디면 내가 기대했던 모습의 실체는 사실 종이 상자였다는 걸 깨닫게 된다. 세상의 포장지를 하나씩 하나씩 뜯어가며 깨달음이 반복되면 점차 선망이 사그라들게 되고, 도전에 대한 두려움도 조금씩 사그라든다. 종이 상자를 마주한다고 해서 실망스럽진 않은 걸 보니 내 안의 선망도 많이 줄어든 듯하다. 그렇다고 세상에 대한 선망이 없어져 안타깝진 않다. 조금 더 쉽게 다른 꿈들에 대해 첫발을 내디딜 수 있게 되었으니까 말이다. 선망은 때론 다가가기 어려운 표정을 한껏 지어 기를 죽이기도 했지만,

이제는 그 표정이 무섭게 느껴지지 않는다. 준비되지 않은 채라도 일단 첫발을 내디디며 요구되는 모습을 갖춰 가는 방법도 있다는 걸 조금 알게 되었나 보다. 오는 기회를 마다하지 않으니 기회가 오히려 많아진 삶이다.

대가

앞을 조금만 더 내다볼 수 있었으면 좋겠다. 그래서 더 배우고자 하며 더 알고자 한다. 조금씩 아는 것을 늘리면 세상을 더 내다볼 수 있지 않을까. 가끔은 잘 알지도 못하면서 무지함으로 대항했다가 혹독한 죗값을 치르기도 한다. 내게 돌아오는 죗값은 당연히 책임으로 뒤따르는 일이라 하겠지만, 내가 모르고 한 일에 다른 이가 죗값을 물어야 할 때면 그것은 죄가 되기도 한다. 안다는 것은 누구에게 피해가 가는 일인지에 대해 분명하게 배워야 하는 일이기 때문에 생각보다 더 어려운 부분이다. 모든 상황에서 계속해서 배워 나가야 한다. 차라리 모르겠다면 가만히 두는 것도 방법이긴 하다. 나의 섣부른 행동으로 손대었다가 돌이킬 수 없는 일들이 일어나기도 하니까. 생각 없이 저지르는 일은 주변을 재앙으로 이끄는 무모한 실험이 되기도 한다.

발걸음

언젠가 그 누구도 기억하지 못할 순간들이라고 생각하면 가슴속 깊은 곳에서부터 삶에 대한 사랑인지 애착인지 모를 것이 확 불타오른다. 우리는 서로를 잊어가며, 또 서로에게 잊히며, 하지만 조금이라도 누군가를 더 기억하며, 누군가에게 기억되며 살아가려고 노력한다. 길이 없던 갈대밭도 발걸음이 자주 드나들다 보면 발자국들로 인해 그 속에 하나의 길이 만들어지곤 한다. 누군가 안 좋은 기억을 남겼더라도 좋은 기억 쪽으로 걸음을 옮기자. 되새기는 것들은 시간이 지날수록 한층 더 선명해지니까 그곳으로 자주 드나들어 하나의 길을 만들자. 아픔과 고통의 기억들이 앞도 보이지 않는 어둠 속으로 내 발걸음을 잡아 이끌 때, 내가 더 선명하게 터놓은 경로가 보인다면 어느 길을 따라 발을 내딛는 게 마땅한지 알기에 나아가기 한결 쉬워지니까. 다른 이들에게도 좋은 기억으로 남아, 그들의 갈대밭에도 거닐기 수월한 길목을 터주면 좋겠다.

III

아스라이
　　멀어지는
이름에게

붓

사랑을 위해 할 수 있는 것은 나의 흔적을 찾을 수 없게 온 몸을 푹 담그는 일. 우리 함께 아름다운 작품을 그려 보자고 붓이 가만히 있는 물감 속으로 자진해서 뛰어든다. 새하얗던 붓은 본래 붓털의 색을 알아볼 수 없게 온몸에 물감을 범벅한다. 사랑 한 폭 그려내기 위해 제일 먼저 택한 일은 나를 온전히 버리는 일. 네 안으로 완전히 뛰어드는 일. 흠뻑 젖은 채로 열심히 춤을 추던 붓은 그렇게 사랑 한 점을 끝낸다. 나는 이제 맑은 물통으로 들어가 온몸에 묻은 흔적을 열심히 씻어 내 본다. 그러나 맑은 물에 아무리 빨아도 이미 깊게 스며들어 염색되어 버린 것들은 벗겨질 기미가 안 보인다. 이것은 사랑의 작품이다. 나는 그렇게 사랑에게 쥐어져 매번 조종당하는 것이다.

말이 안 되는 것

조용한 것을 좋아하지만 재미가 없는 것은 좋아하지 않는다. 푹푹 찌는 뜨거운 날씨는 싫어하지만 몸을 담근 채 첨벙이는 여름은 좋다. 오이는 맛이 없어 싫어하지만 오이가 들어간 아삭한 김밥은 꽤 맛있다. 손이 시린 건 싫지만 창문에 입김을 불어 그림 그리는 건 재미있다. 아침에 일어나는 건 힘들지만 그런 아침을 알리는 밝은 햇살은 사랑스럽다. 오랜만에 보는 친구는 불편하지만 마음은 반가움에 들뜬다. 삶이라서 좋고, 삶이라서 힘들다. 누가 들으면 말이 안 되는 소리겠지만, 내 안에서 치솟아 오르는 사랑이 이런 것들을 사랑하고 있다. 내 사랑 안에 온전한 게 없는 걸 보니, 사실은 세상에 말이 되는 게 없는 건 아닐까.

공생 관계

　　흙덩이 사이로 새싹이 돋아나듯 스웨터 위로 하늘하늘한 실이 한 올 올라왔다. 그것을 잡아서 쏙 빼낸다. 마치 숙주에게서 영양분을 뽑아 먹는 기생물처럼. 비죽비죽 올라온 것들을 소중하게 골라 먹는다. 나는 이 작은 영양분을 받아 배를 채운다. 당신은 한없이 커다랗고 온전하고, 나는 한없이 작고 불안하다. 비죽 솟아난 솜털. 당신의 체취가 묻은 이것으로, 이 작은 사랑 한 올로 내 온몸을 따뜻하게 감싼다. 나는 기생물에서 공생 관계를 희망한다. 내가 내어 줄 수 있는 건 나 하나뿐이지만 이 작은 몸뚱어리로 당신의 한 올을 채워 줄 수 있다면야. 결국 우린 서로가 없으면 안 되어 이 세상을 함께 공존할 수밖에 없기를.

불가능

오가는 말 없어도 편안하게 느껴지는 침묵이 좋다. 말하지 않았는데 물어 오는 걱정이 좋다. 기대에 부응하지 못해도 잘했다며 손뼉 쳐 주는 게 좋다. 다 끓인 라면을 가져오다가 넘어져도 그럴 수 있다고 말해 주는 게 좋다. 눈을 마주치면 마음이 보이는 게 좋다. 정상까지 올라가지 못했어도 내리막을 함께 걸어 주는 게 좋다. 나를 위해 벼랑 끝에서 몸을 내던져 주는 것도 좋다. 말이 안 되는 건 말이 안 되는 그 자체로 참 사랑스럽다. 나는 이렇게 말도 안 되는 것들이 좋다.

도착지

사랑을 애타게 찾아다닌다. 사람들 얼굴은 다 비슷하게 느껴진다. 같은 위치에 있는 눈, 코, 입. 크게 다르지 않은 머리카락. 그렇게 살면서 마주하는 수많은 얼굴. 그러던 중 다르게 구별되는 누군가의 얼굴. 덜컹덜컹 버스를 타고 달린다. 그렇게 달리다 보면 인식하지 못한 채로 각기 다른 풍경을 마주하게 된다. 다르지만 똑같이 느껴지는 풍경 속에서 내가 아는 역 근처만큼은 그 풍경이 눈에 잘 들어온다. 나의 삶, 나의 애정이 담겨서일까. 내가 찾아다니던 사랑은 개인의 얼굴이 구별되는 순간 시작된다. 지루한 유사함들, 그 속에서 감상하게 되는 눈동자의 색깔, 입꼬리의 모양, 눈썹 한 올까지 분명히 다르다. 내게 빼곡히 들어온다. 지나치게 되는 풍경들 속 애정이 담긴 역을 찾는다. 기억하게 되는 얼굴을 찾는다. 그곳이 내가 내려야 할 도착지가 아닐까 하며.

소홀함

약간의 소홀함을 더하자. 바짝 끈을 묶어 단단하게 조이면 풀리지 않을 것만 같다. 그러나 답답하다. 이 답답함은 탈출 욕구를 불러일으킨다. 풀어지지 않게 꽉 조여 놓은 것은 저 스스로 끈을 풀어헤쳐서 도망가 버린다. 생각지 못한 변수다. 그러니 살짝 느슨함을 주자. 그 사이에 약간의 여유를 넣어 답답하지 않게. 관계는 그렇다. 얽매는 것보단 조금의 여유를 주는 게, 너무 많은 관심을 쏟기보단 약간의 소홀함을 주는 게. 영원히 혼자인 건 외롭지만 영원히 둘이 붙어 있는 건 불편하다. 아무리 푹신푹신한 양털 이불이라도, 그것을 언제고 몸에 두른 채 살 수는 없다. 제 몸이 아닌 것이 밀착해 있으면 이질감을 주니까. 이불도, 사람도 따뜻하게 느껴질 때가 있고 덥게 느껴질 때가 있다. 그러니 너무 밀접하게 말고, 거리를, 여유를, 소홀함을.

깊이의 쓸쓸함

눈을 오래 바라보면 그 깊이를 느낄 수 있다. 사랑하는 사람의 눈을 오랫동안 바라본 적이 있는가. 누군가와 눈을 오랫동안 마주친다는 것은 익숙지 않은 일이다. 우리의 눈은 많은 것을 담고 싶어 하기 때문에 한곳에 그렇게 오래 머무르지 않는다. 살아 있는 눈동자를 오래 바라보고 있으면, 처음에는 쑥스러움이 몰려온다. 피하고 싶어진다. 하지만 그 쑥스러움의 시간을 참아 내면 어느 순간 오고 가는 시선 속에서 오묘한 느낌을 받기 시작한다. 도리어 이제는 눈을 뗄 수 없으며 까만 동공은 블랙홀이 되어 그 속으로 빨려 들어가는 듯한 느낌을 받는다. 그 블랙홀 속에는 무한한 것들이 담겨 있다. 걱정, 고민, 아픔, 행복, 외로움, 미안함. 깊이를 알 수 없는 눈동자 어두운 곳 깊숙이 숨기고 있던 것들이 이내 내 깊이까지 맞닿는다. 울컥 감정이 올라온다. 사랑하는 사람의 눈은 언제나 쓸쓸했다. 누군가의 눈동자 속에서 쓸쓸함을 발견해 냈다는 것. 그것은 사랑일까.

사랑

투명하게 맑은 마음 앞에 서면 순수한 부끄러움이 밀려온다. 켜켜이 쌓인 마음의 맨 꼭대기 그 한계치에 다다른 사람은 더 이상 가릴 겹이 없어 바보가 된다. 상대의 눈을 바라보고 있자니, 옷을 다 입고 있는데도 마치 발가벗겨진 것처럼 온몸을 가리고 싶어진다. 잘못도 없는데 진실이 꿰뚫어질까 봐 심장이 쿵쿵거린다. 심장이 어찌나 빨리 뛰는지 이 울림이 성대까지 전해져 목소리가 떨려 온다. 내 마음이 너무 맑아 아무것도 감출 수 없다. 태연한 척 연기할 가면이 없다. 진짜 마음 앞에선 바보처럼 어설퍼진다.

사치

통은 크지만 나름 검소한 편이라고 자부한다. 아껴야 할 경계선이 확실해서 쓰지 않아야 할 때는 확실하게 닫는다. 그럼에도 사랑하는 마음으로 사치 부리기는 좋아한다. 검소하고 싶어도 열린 주머니는 닫힐 생각이 없다. 분수에도 맞지 않게 쏟아 준다. 아마 내가 사랑을 엄청 많이 가지고 있는 줄 알 거다. 신기하게도 쏟아 내면 쏟아 낼수록 어디서 자꾸 사랑이 생겨나 주머니가 채워진다. 나는 말한다. 내 사랑은 당신으로부터 온 것이라고. 내 주머니 안은 모조리 당신이 채우고 있다고. 이 사랑은 소진되지 않는다. 당신이 내 곁에 있는 이상 나는 빈털터리가 되려야 될 수 없다. 그러니 그냥 옆에만 있으면 된다. 나는 계속 채워진다.

넝쿨

　　스스로의 결함을 인정하길 두려워한다. 결함은 부족함의 상징이고, 완전하지 못하다는 증거이자 흠이 되어 버리니까. 그래서 우리는 결함을 외면하지만, 사실은 더욱 결함과 마주해야 한다. 마주하면 알 수 있다. 우리가 가진 결함은 혼자 만들어진 게 아니라는 걸. 결함은 우리와 엮어진 수많은 관계 속에서 넝쿨들이 얽히고설키듯 서로를 감싸 안으며 발생한다. 그 사실을 알지 못하면 결함을 두려워하게 된다. 혼자 자라는 넝쿨은 존재하지 않는다. 나무를 감싸고 바닥을 감싸고 기둥을 감싸 안듯, 우리는 서로를 끌어당기고 감으며 살아가기 때문이다. 서로에게 결함이 있다는 사실을 받아들이며 우리가 서로를 온몸으로 가까이 감싸 안을 때 더욱 멀리 뻗어 나갈 수 있다는 것을 알아야 한다. 서로를 감싸 안는 순간, 우리가 저 멀리 뻗어 나가는 것을 막아설 수 있는 건 아무것도 없다.

편지

힘내라는 말조차 무게가 실려 그 마음 위에 부담으로 얹어질까 말을 삼킵니다. 당신의 힘듦을 위해 난 무엇을 할 수 있을까 고민도 해 봅니다. 양지바른 곳에 피어난 제비꽃 한 송이가 그 봉오리를 피워 내기 위해 그간 얼마나 고단한 노력을 해 왔을지 제가 다 알 수는 없지만, 그 꽃이 오래도록 아름답게 발하기를 바라는 마음만은 온전합니다. 이렇게 마음 쓰는 이가 있다는 걸 알아주신다면 위로가 될까요. 감히 슬픔까지 위로하고자 하는 마음은 없습니다. 그저 당신의 노력을 알고 있다는 것을 전달하고 싶습니다. 완성된 작품을 보고 감탄하는 것보다 천 번의 붓칠을 보고 있을 때 그 그림을 더욱 잘 느낄 수 있다고 믿으니까요. 경솔하게 생색내고 싶지도 않습니다. 당신을 바라보는 시선이 순간이라면 그것은 부담이 될 수 있겠지만 언제나 한결같이 비추는 시선이라면 햇살처럼 편안하고 따스하게 느껴질 테니까요. 제 시선이 그랬으면 좋겠습니다. 한결같겠습니다.

그늘에 앉아

사람 뒤에 있는 어두운 그림자까지 알게 되면 더욱 편안해 진다. 사람은 대부분 희망을 갈구하기에 밝은 것을 좋아하지만 밝음은 언제나 그림자와 동행한다. 앞면만 바라보다가 뒷면의 어두움을 발견했을 땐, 왠지 모를 실망감에 쉽사리 빠지게 된다. 누구에게나 있는 그늘이건만. 사람은 숲이다. 겉에서 보면 빛을 받은 잎들이 푸르게 빛나고 있지만 속으로 들어가 보면 햇빛을 받은 사이사이 그늘이 져 있다. 나는 누군가를 알아 갈 때 한 마리의 새가 된다. 밝은 곳을 통해 들어가 그 사이에 숨겨져 있는 다소 어두운 그늘을 찾는다. 그늘진 나뭇가지에 앉아 휴식을 취한다. 열기에서 벗어나 차갑게 식은 자리를 가만히 느껴 본다. 이 사람의 차가움은 어떠할까. 나는 그 자리에 앉아 서늘해진 곳을 나의 온기로 데운다. 이 숲 속에서 나는 겨우 한 마리의 작은 새일 뿐이지만 덥혀 주고 싶다. 내가 편히 앉을 자리를 내준 그 서늘한 그늘을 나는 사랑으로 감싸 준다.

그냥

'그냥'이라는 말이 듣기 좋다. 세상에 정말 그냥인 건 없겠지만, 그냥이라는 단어는 무엇의 의미를 담지 않는다. 그래서 책임감이 없다. 말도 행동도 생각마저도 양심의 책임을 지고 살아가야 하는 세상 속에선 너무나 무책임한 말이다. 짊어진 게 없어 가볍다. 무겁지도 않고 날카롭지도 않아서, 누군가의 생각을 파고들지 않아서 좋다. 가끔은 따뜻하게도 느껴진다. 그냥 보고 싶다거나, 그냥 생각이 났다거나, 그냥 궁금했다는 말속 어디에도 사랑한다는 단어는 없지만 일종의 고백 같기도 하다. 에둘러 표현하는 마음이다. 지쳐 보이는 사람에게 많이 힘드냐고 물어 보면 그는 이렇게 대답한다. "그냥." 너무 많은 것들이 안에 있어 일일이 꺼내기가 어려운 걸까. 그냥 보고 싶었다고 말하는 고백처럼 사실은 담긴 마음이 너무나 무거워서 그 무거운 마음을 이 가벼운 단어로 에둘러 표현하는 듯하다. 그럴 때는 그 단어를 깨서 속에 담긴 진심을 꺼내 주어야 한다. 그냥 힘든 건 없을 테니까. 그 사람이 꺼내지 못하는 마음을 내가 느꼈다면, 그 마음을 열어 조금은 가볍게 만들어 주고 싶다. '그냥'은 사실 아주 무거운 단어라는 걸 안다.

사랑의 농부

나는 농부이고 사랑은 열매다. 어느 때는 빨리 사랑을 쟁취하고 싶어 조급하게 굴었다. 그러나 그것은 순환에 맞지 않았다. 앞서가면 안 되고 늦춰서도 안 된다. 봄에 씨를 뿌려 잎이 자라고 수확의 계절이 오면 그것을 거둬 내듯 천천히 인내심 있게 기다려야 했다. 빨리 열매를 따고 싶다고 계절을 앞당길 수는 없는 노릇이다. 모든 것에는 때가 있다. 썩어 버린 열매는 빨리 뽑아내야 그 주위에 안 좋은 영향을 끼치는 걸 막을 수 있다. 사랑도 어느 자리가 썩을 때가 있다. 그 자리를 깨끗하게 치우지 않으면 한 곳에서 주변으로, 주변에서 전체로 전염이 된다. 나의 밭을 시기에 맞게 잘 가꾸어 내는 것. 농부로서 내가 할 수 있는 일. 내 사랑을 위한 일.

내 방

누군가를 내 방에 들이는 건 위험하다. 잘 때는 침대가 있는 곳으로 가야 하고, 밥을 먹을 땐 식탁이 있는 주방으로 가야 하고, 쉴 때는 텔레비전 앞에 있는 소파에 가야 하는 것처럼 공간의 구분은 행동의 구분이고, 비로소 삶의 구분이다. 이렇게 집 안에도 공간이 나누어져 있듯, 삶도 공간의 구분이 필요하다. 일을 하려면 밖으로 나가 일터에 가야 하고, 사랑을 하려면 사랑하는 사람을 만나러 가야 한다. 집에서 일을 하고 일하는 곳에서 사랑을 하는 건 행동에 구분이 없는 삶, 주방과 화장실 벽도 없는 방에 사는 것과 마찬가지이다. 이렇게 되면 여러 가지를 할 수 있기는커녕 어느 것에도 제대로 집중할 수 없다. 사랑하는 사람과 같이 있고 싶겠지만 해야 할 일들이 남았다면 집으로 들어왔으니 이제는 집에서 해야 할 것들을 할 때다. 일도 사랑도 여전히 내 안에 있으니 나를 꼭 붙잡고 있는 손은 잠시 떼어 편안히 재워 두고, 오롯한 나만의 공간인 내 방으로 들어가 보자.

흥부의 베풂

나는 사랑을 많이 받았다. 부모님에게, 친구들에게, 선생님에게. 사랑은 본래 받은 만큼 돌려주는 것이 마땅하다. 받은 것 그 이상으로 베푸는 것이 마땅하다. 누군가에게 받지 않았더라도 마음속에 사랑이 차오른다면 필시 주변에 나누어야 한다. 사랑을 받은 사람은 그 사랑으로 또 누군가에게 사랑을 나누게 되어 있다. 표현에 있어 인색한 부자가 되고 싶진 않다. 인색한 부자는 제 곳간에만 넘칠 만큼 쌓아 두고 남에겐 주지 않으려 문을 꼭 잠가 버린다. 어차피 혼자 다 쓸 재주도 없으면서 욕심만 부린다. 하지만 사랑은 쓰지 않으면 존재의 가치를 상실한다. 제 것을 형에게 나누어 주고 제비를 고쳐 주는 흥부처럼, 베푸는 것에 대가를 바라지 않는 마음씨를 지니면 마음속 사랑은 더 풍부하게 차오른다. 사랑은 써도 사라지지 않으며 대가를 바라지 않고 사용하는 사람일수록 계속해서 풍족하게 채워지는 고유한 재물임을, 나눠 본 사람만이 안다.

옷에 깃든 것

그 사람을 만나고 집에 오면 옷을 갈아입기 싫어진다. 잘 보이고 싶어서 만나기 며칠 전부터 정해 두었던 옷. 만나러 가는 길에 모난 곳이 있을까 몇 번이나 다듬었던 옷매무새. 무언가 묻었다며 살짝 닦아 주던 밑단. 걸을 때마다 닿았던 팔소매와 어깨선. 옷 구석구석 바람 냄새와 함께 그 사람의 체취가 미세하게 배어 있다. 옷을 입고 있으면 아직 그 사람과 함께 있는 기분이다. 옷에 추억이 깃든다는 건 이런 걸까. 엄마가 아빠와의 첫 데이트 날 입었던 원피스를 아직도 옷장 안에 고이 간직하고 있는 이유와 비슷할까. 잠옷으로 갈아입으면 오늘 있었던 일들이 방금 막 꿈에서 깨어난 듯 금방 사라질 것만 같다. 겉옷도 벗지 않은 채 이불 위에 누워 눈을 지그시 감아 본다.

꽃다발

마음속에서 하루에도 열 송이가 넘는 꽃을 피운다. 그대가 내게 올 때면, 나는 이 열 송이를 한데 모아 꽃다발을 만들 테다. 그 안에 따스한 기다림을 가득 담아 넣는다. 기다림은 고독하지만 그 대상이 당신이라면 내겐 그마저도 따뜻한 시간이라고. 그러나 긴긴 시간 그대는 오지 않는다. 밤이 오면 피어난 꽃들을 뿌리째 뽑는다. 텅 비운 곳에 차가운 기다림이 찾아온다. 나는 반복한다. 한껏 설렘을 안고 기다렸다가, 쓸쓸하게 텅 비운 채 기다리기도 한다. 그렇게 어제도, 오늘도. 내일은 줄 수 있을까 싶어 아침이 밝으면 이 빛을 따라 밝은 꽃을 다시금 피워 낸다. 내게 언제 오든 나는 가장 생생하고 따뜻한 꽃다발을 그대에게 건네주기 위해.

갈대

기대는 것보다 기댐이 되어 주는 게 좋았다. 누군가의 기댐이 되어 주고 싶어 언제나 쓰러지지 않게 온몸에 힘을 주었지만, 시간이 갈수록 그 힘은 조금씩 빠져 간다. 나이가 들면 어쩔 수 없이 체력이 줄어드는 것처럼, 살아갈수록 나 하나 짊어지기도 벅찬 일들이 많아서 다른 사람의 짐까지 들어줄 마음이 부족해진다. 내 마음이 힘들어지면 나를 든든하게 여기는 마음들이 가끔 미울 때가 있다. 나는 사실 든든한 사람이 아닌데 자꾸 든든한 사람이라고 말해 줘서, 그런 사람이 되게 만든다. 내게 또다시 기대어 오면 나는 힘에 부치지만 다시금 온몸에 힘을 주고 버텨 보겠지. 쓰러지지 않으려 애쓰는 갈대처럼.

멈출 수 없는 영화

    사랑은 정지 버튼을 누를 수 없는 영화 같다. 무슨 내용인지도 모르지만 설렘과 함께 이야기가 시작된다. 주인공들의 감정에 이입했을 땐 이미 중반부를 넘어섰고, 초반부에 나왔던 행동들에 대한 이해는 뒤늦게야 생긴다. 정확한 시선으로 다시 보고 싶어질 땐 이미 모든 것이 끝난 후다. 테이프는 되감을 수 없고, 검은 엔딩 크레디트 화면과 함께 적막만이 공간을 가득 채울 뿐이다. 사랑했던 주인공은 다시 볼 수 없다. 근데 나는 정말 주인공을 사랑했던 걸까. 배경으로 나오던 호수, 카페, 집, 식당, 그 장소들도 사랑했다. 슬플 때 잔잔하게 깔리던 음악도 사랑했다. 데이트할 때 입고 등장한 옷과 신발도 사랑했다. 주인공만을 사랑했던 건 아니었나 보다. 나는 그저 멈춤 없는 흐름 그 자체를 사랑한 것이다.

시선의 풍요

신기한 경험을 했다. 마지막 출간 후 잠시 휴식 기간을 가졌다. 글을 쓰고 있지 않을 때는 세상이 그저 보이는 대로만 보인다. 상상력을 동원하거나 영감에 파고들지 않는다. 다시 새로운 작품 준비에 들어갔을 때 나는 세상이 달리 보였다. 내 옆을 지나가는 사람도, 길가에 피어 있는 꽃도, 그저 지나치고 마는 존재들이 아니었다. 사랑에 빠졌을 때도 같았다. 날아다니는 나비를 바라보는 시선에는 사랑이 담기고, 여느 밤과 다름없을 달도 더욱 찬란하게 느껴졌다. 꿈을 꾸는 건 꼭 이뤄내야 하기 때문이 아니며 누군가를 사랑하는 건 소유하기 위해서가 아니다. 꿈을 꾸고 사랑을 꾸는 행위, 가슴속에 이것들을 품고 산다는 것. 우리는 그 자체만으로도 세상을 바라보는 시선이 한껏 풍부해짐을 알 수 있다. 찬란한 감정을 통해서 더 많은 세상의 찬란함을 느낄 수 있게 된다.

나의 모습

한창 무겁고 축축한 흙냄새를 담은 나무 향 향수에 빠졌을 때가 있다. 겨우내 함께했더니 나중에는 자연스럽게 그 향과 내가 동일시되었다. 봄이 찾아올 무렵 바람이 가벼워짐에 비해 그 향이 다소 무겁게 느껴졌고, 나는 조금 사랑스럽고 산뜻함을 담은 향을 찾아냈다. 그 뒤로 9개월쯤 지났을까. 우연히 들른 향수 가게에서 내가 겨우내 사용하던 나무 향을 언뜻 맡았다. 그 향은 더 이상 내게 나무 향이 아니었다. 그것은 겨울의 나 그 자체였다. 내가 자주 쓰던 향도, 자주 가는 장소도, 자주 입는 옷도 그 자체로 나의 일부가 되어가는 걸까. 나도 모르게 나에게 깊게 배어 가고 있던 것이다. 그렇다면 봄에 쓰던 산뜻하고 사랑스러웠던 그것도 나의 일부가 되었겠지. 누군가는 나를 평안하고 깊은 흙 내음으로 느꼈을까 아니면 향긋하고 가벼운 바람으로 느꼈을까. 카페에서 자주 만난 사람은 그 카페의 분위기로 나를 기억할까. 왁자지껄한 모임에서 밝게 웃던 활기찬 분위기로 기억할까. 나를 표현할 수 있는 수많은 향기와 장소. 남들이 보았을 때 나는 어떤 사람인지 물어 본다면,

그 모든 답변은 아마 내가 입는 나의 모습이겠지. 당신이 기억하던 나는 어떤 얼굴이었을까.

걸음

사랑은 각기 다른 걸음걸이를 하고 있다. 사람이 사슴에게 걷는 법을 알려 주지 않듯이, 토끼가 개구리에게 뛰는 법을 알려 주지 않듯이, 모두는 각기 무릎을 굽히는 각도와 발을 내딛는 보폭을 다르게 하며 살아간다. 우리는 사랑하는 사람이 생기면 발걸음을 맞추고 싶어 한다. 엄마의 보폭을 열심히 좇는 어린아이가 가지는 열망. 사랑하는 사람 곁에서 떨어지고 싶지 않은 애착이 생긴다. 나보다 빠르게 가면 덩달아 마음이 급해지고, 나보다 느리게 오면 초조해진다. 다른 걸음을 나와 같은 걸음으로 만들려는 것은 사랑의 모양을 직접 조각하는 것과 같다. 고유한 형태를 잃고 이리저리 깎인 모양새는 꽤 인위적이다. 제 형태와 꽤 흡사해진 상대방의 모습을 보고 만족스러운 작품이라 생각할지 모르겠다. 그러나 스스로 형태를 찾아 유연하게 변형하는 게 아니라면 외부의 조각가는 그저 큰 상처를 안겨 줄 뿐이다. 사랑은 있는 그대로의 형태를 온전히 지켜 주는 것에서 시작된다. 서로 닮고 싶다면 부드러운 마음을 가지면 된다. 부드럽고 유연하게 스스로 변화하며 바뀌는 것이다. 각기 다른 발걸음을 맞추는 일은 서로의 발목에 줄을 묶어 같이 걷는 게 아니라, 나와 닮은 걸음걸이를 한 사람을 찾거나 조금 다른 보폭이지만 한 발씩 물러나 간격을 맞추며 걸어 나가는 일이다. 우리가 다른 걸음걸이를 맞추려고 노력하는 일은 모두 사랑을 향해 걸어가고 있다는 의미다.

온기

부는 바람에 대나무가 시끄럽게 흔들린다. 아주 단단한 겉모습을 하고 있지만 사실은 속이 텅 비었다. 그 안에는 사랑이 없다. 안정감이 없다. 대신 대나무 속에는 물이 차 있다. 이건 대나무의 눈물일까. 사랑하는 것 없이 텅 비어서 자리 잡은 작은 눈물의 웅덩이. 마음을 아끼지 말고 좋아하는 것들로 충만하게 채우자. 누군가가 사랑하는 게 있냐고 물어오면 한치의 주저 없이 아끼는 것들의 이름을 낱낱이 열거할 수 있도록. 그것들로 내 안을 가득 채워 놓으면 바람이 불어도 이 마음이 흔들리지 않게 나를 붙잡아 줄 터이니. 단단함은 내가 무언가를 사랑하는 마음으로부터 오니까. 안정감은 따뜻한 날씨로부터 느끼는 게 아닌, 사랑을 속에 가득히 품었을 때 느낄 수 있는 온기 같은 것이니까.

굳은살

손가락 마디에 굳은살이 박일 정도로 많은 펜을 쥐고 글씨를 써 봐야 좋은 펜을 찾을 수 있다. 새끼발가락과 발목 뒤에 물집이 수차례 잡혀 봐야 발에 잘 맞는 편안한 신발을 찾을 수 있다. 내게 잘 맞는 것을 찾으려면 한 가지를 수없이 많이 경험해 봐야 한다. 좋은 것을 빨리 찾는다면 더할 나위 없겠지만 경우의 수를 다 채워야만 할 때도 있다는 걸 명심해야 한다. 펜과 신발처럼 사람도 손에 많이 잡아 보고 함께 걸어 봐야 나와 잘 맞는 사람을 찾아낼 수 있다. 그러나 사람도 맞지 않을 경우엔 마음에 물집이 잡히기도 한다. 마음은 손가락 마디보다, 새끼발가락보다 더 연하고 더 물러서 아픔이 심하다. 그래도 계속 사용하고 사용하다 보면 점점 굳은살이 박임을 느낄 수 있다. 그렇게 단단한 마음을 갖게 되는 순간이 찾아온다. 아직도 물집이 잡혀 있듯 아프다면 내가 겪어야 할 경우의 수를 다 채우지 못한 것이니, 조금만 더 쥐어 보고 조금만 더 걸어 보자.

파랑새

첫사랑은 아니지만 처음으로 그럴듯한 사랑을 하고 난 후, 좋은 기억들과 큰 상처가 동반되어 내 품에 안겼다. 가슴속에 금이 간 듯했다. 그다음 연애는 조금 더 나빴던 거로 기억한다. 그렇게 다른 곳에도 금이 갔다. 홀로 누군가를 사랑하는 건 어렵지 않았지만, 누군가와 함께 사랑을 유지하고 다뤄 내는 건 꽤나 어려웠다. 어미 새와 아비 새가 돌아가며 알을 품어 내야 하는데 사랑을 하고 나면 그 알에는 자꾸만 균열이 생긴다. 깨진 금과 금이 서로 연결되어 단단하게 마음을 감싸고 있던 껍데기가 이제는 곧 부서질 것 같았다. 톡톡 두드리니 안에 무언가 있었다. 아, 내 사랑은 이 밖에 있는 게 아니었나 보다. 나는 어미 새가 아니었다. 난 아직 이 껍데기 안에 들어 있다. 작은 금이 생기고, 점점 깨지다가 그 껍데기를 부수고 탄생한다. 알 속에서 한 마리의 새가 탄생한다. 내 사랑은 이제 시작이다. 훨훨 날아갈 수 있다. 사랑에 정착할 파랑새가 될 준비를 마쳤다.

한 컵

모래가 넓게 펼쳐진 사막. 그 위에 부어 보는 나의 물 한 컵. 나는 이곳에 꽃을 피우고 싶은 걸까. 지나가던 행인은 그 정도 물 가지곤 안 된다며 핀잔을 준다. 아니다. 나는 이 메마른 땅을 촉촉하게 만들고 싶은 게 아니다. 꽃을 피우고 싶은 것도 아니다. 이건 그저 나의 독단적 행위이다. 이게 나의 사랑의 행위이다. 내가 주는 물 한 컵으로 사막에 수분이 채워지지 않을 것임을 안다. 목마름이 충족되지 않을 것을 안다. 그러나 나는 여기저기 내게 맺힌 이슬들을 열심히 모으고 모아 한 컵 한 컵을 채운다. 그리곤 또다시 여기 이곳에 붓는다. 대가를 바라지 않는 마음. 내가 줄 수 있는 최선의 마음. 나는 그렇게 사막에 물을 채우듯 사랑을 한다.

그림

　　삶은 태어나고서 눈 감을 때까지 커다란 캔버스에 그림을 그리는 일이다. 이 커다란 캔버스에 매일 그림을 그리려면 붓을 놓을 수가 없다. 가끔은 붓을 들고 있어도 마땅한 그림이 나오지 않을 때도 있다. 여기저기서 화려히 손목을 휘두르는 사람을 보고 있자면, 자신이 초라하기 짝이 없다고 느껴지기도 한다. 흘러가는 시간에 비례해 채워지는 게 없는 하얀 화포를 보자면 시간을 헛되이 보내는 듯했다. 나는 붓을 잠시 내려놓는다. 가만히 허공을 바라본다. 그 시선 속 무료함을 읽었는지 누군가 다가와 말을 건넨다. 몇 마디 주고받다가 그 누군가가 붓으로 내게 작은 그림을 그려 낸다. 타인에 의해 나의 오늘 하루가 채워진다. 내 삶이라고 오로지 내가 다 채워 내야 하는 것만은 아닌가 보다. 지나가던 누군가가 남겨 주는 작은 그림 하나도 내 삶을 채워 줄 명분은 충분했다.

반복

누군갈 사랑하는 일은 힘듦을 자초하는 길이라고 생각하면서도 나는 사랑에 너무나 잘 빠진다. 제 주량도 모르고 취한 채로 계속 술을 들이붓는 것처럼. 한번 마시면 계속해서 마신다. 사랑에 취한 느낌이 좋다. 실실 웃음이 나고 얼굴도 발그레하니 이유 없이 자꾸만 기분이 좋아서 좋다. 취기에 아무 말이나 술술 나오는 것처럼 꺼내기 부끄러운 말들이 자꾸만 튀어나온다. 흐물흐물한 기분에 빠져 이대로 깨어나지 못해도 좋으니 그냥 푹, 오래도록 깊은 잠이 들고 싶다. 하지만 사랑은 나를 가만히 잠재우는 법이 없다. 조용히 눈을 감으면 이제 정신 차릴 시간이라며 내 어깨를 잡고 흔들어 댄다. 골이 울리고 두통이 온다. 어질어질하다. 속도 울렁거린다. 이 취기에서 깨어나고 싶지 않다. 슬픈 건 아닌데, 힘들어서 눈물이 한 방울 흐른다. 친구가 괜찮다며 등을 토닥여 준다. 그럼 나는 몽롱한 정신으로 저번에 한 것만 같은 다짐을 한다. 역시 사랑은 나를 힘들게 자초하는 일이구나, 다시는 마시지 말아야지.

거리

진심은 언제나 닿는다고 믿었는데 꼭 그렇지만도 않았다. 지구를 반으로 갈라 나는 동쪽에, 당신은 서쪽에 있는 듯 내가 있는 곳의 햇빛은 그쪽에 닿지 않는다. 여기는 아침인데 그쪽은 저녁인 듯하다. 당신이 내 눈앞에 서 있다. 그러나 눈으로 보이는 것보다 우리는 거리가 아주 멀다. 당신은 어디에 있는 걸까. 내 마음이 닿지 않는 곳 아주 멀리에 있는 걸까. 언제 거기까지 갔을까. 내 진심이, 진심이 아니라서가 아니라 그저 우리가 닿지 못할 거리에 있던 것이지. 너무 멀어 이 마음이 그곳까지 닿질 않는다.

얼어붙은 것

마음을 열면 하염없이 흘러내린다. 주워 담을 새도 없이 사방팔방 엎어진 마음들은 바닥을 한껏 끌어안고 드러눕는다. 흥건해진 바닥 위에 마음들을 다시 제자리로 끌어모으고 나면 그 양을 조금씩 잃어버린다. 잃어버린 만큼 마음에 빈틈이 생긴다. 꽉 채워져 있던 것의 빈자리만큼 시려 온다. 그 시림은 마치 썩은 이에 통증이 오듯 갑자기 통과되는 찌릿함이다. 아프다. 이제 내가 할 수 있는 일이라곤 꼭 닫은 채 그 문을 열어 주지 않는 것. 흘리지 않게 마음을 숨기는 일. 안에 갇혀 빛을 보지 못한 마음들은 어느새 꽁꽁 얼어붙는다. 표면에서 흘러내린 방울들이 여전히 바닥을 적시지만 이젠 이 문을 다 열어 놓아도 엎질러지지 않는다. 이제는 얼어붙어서 춥다. 춥다는 말만 반복한다. 누군가 와서 이 마음을 깨트려 주었으면 좋겠다. 아주 뜨거운 망치로 내리쳐 이 안에서 나를 꺼내 주었으면 좋겠다.

되새기는 것

드물게 찬란한 날들이 있다. 시간이 지나도 잊히지 않고 자꾸 뒤돌아보게 만드는 그런 날들. 생각한 대로 풀리거나, 생각지도 못했는데 잘 풀렸던 날들. 누군가는 과거의 일을 자꾸 반복해 들춰내는 것을 미련이라고도 부른다. 하지만 과거에 얽매이지 말자고, 자꾸 뒤돌아보지 말자고 다짐하기엔 그날은 여전히 찬란하게 빛이 난다. 미련이라는 이름을 붙이면 내가 미련한 사람이 되는 것만 같아 다르게 부르기로 했다. 회상이라고. 누구나 가끔 회상하는 날들은 있기 마련일 테니까.

무소식

　무소식이 희소식이랬다. 전쟁에 나간 남편을 두고 하던 말
이었다. 차라리 아무런 소식이 없는 게 부고 소식을 전해 듣는 것
보다 낫다고 생각했다. 소식은 어떤 사정과 사실을 알려 주는 말이
다. '사실'이라는 단어 자체가 주는 신뢰도는 높고 믿음직스럽다.
괜히 좋은 이야기처럼 느껴져 착각하기 쉬워진다. 하지만 사실이
라고 다 좋은 건 아니기도 하다. 세상에는 알고 나면 더욱 상처가
되고 슬픔을 떠안겨 주는 사실들도 존재한다. 너무 투명한 것들은
가림막 역할을 제대로 해 주지 못한다. 그 누군가는 보이지 않은
채로 살아가고 싶을 수 있는데 진실이라는 명분으로 눈 감고 싶은
부분들까지 훤히 눈을 뜨게 만든다. 그냥 모르는 채로 살아가는 게
더 나은 삶을 줄 때도 있더라. 그러니 세상의 모든 진실을 마주하
며 살 필요는 없지 않을까. 나는 가끔 내가 가진 진실도 알고 싶지
않을 때가 있다. 그냥 조금씩 눈감아 주며 살고 싶다. 나를 위한 길
이든 남을 위한 길이든 아예 모르는 것처럼 서로 조금씩은 가리고
싶어 하는 흉터는 못 본 척하며 살면 고마울 것 같다.

두려워 말라

신념을 떠나 좋은 말은 그 자체로 좋은 말이라고 생각한다. 여러 종교의 책을 접하며 지혜를 가져다주는 글을 찾는 걸 좋아한다. 성경에 365번 나오는 구절이 있다고 한다. 바로 '두려워 말라.' 라는 말이다. 1년이 365일인 걸 생각하면 신기한 일이 아닐 수 없다. 이것은 우리가 날마다 두려워하지 말고 살아가기를 바라는 마음이다. 세상에는 두려운 일이 있는 것이 아니라, 두려운 마음 그 자체가 우리에게 두려움을 안겨다 줄 뿐이다. 그 두려움이라는 감정 앞에서 우린 어두운 곳으로 몸을 숨기고, 진실을 회피하고, 마음껏 사랑하지 않는다. 이 마음은 최면과도 같아서 왔다 갔다 움직이는 추에 가만히 마음을 집중하면 더욱더 깊이 빠져들게 된다. 두려움에 빠진 사람은 쉽게 깨어나기 어렵다. 우리는 이 최면에 걸리지 않기 위해 매일 한 번씩 말해야 한다. 명심하라. 세상에 두려운 일은 없다.

동시

자동차의 바퀴가 굴러간다. 차가 지나가는 게 신기하다. 두 사람이 손을 맞잡는다. 서로의 눈에서 사랑의 감정을 느낀다. 문득문득 세상에서 벌어지는 일들이 신기하게 여겨진다. 그 모든 시간 중 같은 시간대에 만나 함께 세상을 경험하고 있다는 것. 모든 것은 서로의 찰나가 된다. 우리가 만나는 사람들도 우리에게 벌어지는 일들도. 아무도 잘못이 없다. 그저 이 모든 일들과 내가 나란히 서 있었을 뿐. 원망스러운 마음은 나를 구해 주지 못한다. 그러니 지금 이 찰나에 미운 마음은 쓰지 않기를.

기다림, 그리움

이 마음은 벗어날 수 없는 외딴섬에 버려진 작은 짐승이다. 금방 돌아올 거라고 믿었던 뒷모습은 기다림의 시간이 흐를수록 점차 안갯속으로 옅어져 간다. 이 자리를 떠나면 당신이 나를 찾지 못할까, 제자리를 지킨다. 처음부터 그곳에 피어난 달맞이꽃처럼 부는 바람 따라 이리저리 고개만 바삐 움직일 뿐이다. 인기척이 들리면 바짝 긴장했다가 이내 아닌 걸 알고선 온몸을 축 늘어트린다. 그렇게 딱딱한 시멘트 바닥 위에서 언제 올지도 모를 주인을 하염없이 기다리는, 그리움 가득한 작은 짐승이 된다. 제 발로 떠나지 못하는 불쌍한 녀석을 데려가 따뜻하게 보살펴 줄 누군가가 있을까. 아무도 오지 않는 곳에서 하염없이 제자리를 지킨다.

소화

　사랑하는 사람은 나의 소화 기관이 된다. 정확히 말하면 위가 된다. 나의 몸속 일부분이 되어 내가 된다. 사랑을 받으면 소화가 잘된다. 맛있는 게 생각나고, 식욕이 올라간다. 우리가 다툰 날엔 속이 쓰리다. 커피를 연달아 세 잔 마신 것처럼 울렁거리고 쓰리다. 그 사람이 떠난다는 건 나의 소화 기관을 원래대로 되찾는 게 아니다. 이별은 나의 위를 도려내는 것이다. 그 사람이 떠나면 나는 음식을 먹을 수도, 소화할 수도 없다. 쓰리고 아파서 무엇도 들어가질 않는다. 이 가운데가 텅 비어 있다. 나는 떠나는 사람에게 내 위를 내어 준다. 잘 먹고 잘 사시라고.

모든 것은

그럴 수 있다. 나는 내가 한 행동이 이해가 되지만, 누군가에게는 이해받지 못할 행동으로 비칠 수 있다. 나는 진심을 다해서 모자람 없을 만큼 사랑을 주었지만 그 마음이 부족하다고 돌아설 수도 있다. 당연히 될 거라고 생각했던 일이 예상치도 못한 이유로 전부 망쳐질 수도 있다. 믿음을 줘야 하는 관계에서 오히려 너무나도 야박한 잣대를 내세워 실망감을 가질 수도 있다. 기대하지 않았던 자리에서 운명같이 눈에 들어오는 사람을 마주할 수도 있다. 기울인 노력에 비해 더욱 큰 이익이 찾아올 수도 있다. 화가 머리 끝까지 난 상태에서 자존심 상하게 작은 일에 실소가 터질 수도 있다. 불행도 행운도 당연하다. 우리가 사는 세상은 물이 아래에서 위로 떨어진다거나 한 달 내내 밤이 지속되는 것 말고는 모든 일이 일어날 수 있다. 그러니 다 그럴 수 있다.

아름답게 여기는 것들

아름답게 여기는 것들은 다 떠나가는 걸까. 아니다, 아름답게 여기지 않는 것들도 결국은 다 떠나간다. 그것들은 내가 신경쓰지 않을 뿐. 아름답게 여기는 것만 바라보고 사니 그 뒷모습이 더욱 고통스럽게 느껴진다. 사실 떠나가는 건 전혀 고통스럽지 않다. 우주로 떠나는 우주선도, 바람을 타고 떠나는 벚꽃잎도 아름답기만 하다. 우주선이 우주로 떠나가도, 벚꽃의 꽃잎이 바람을 타고 떠나가도 나는 고통스럽지 않다. 내가 아름답게 여기지 않아도 모든 것은 아름다우며, 전혀 고통스럽지 않음에도 고통스러운 건 내가 고통으로 여기고 있기 때문이니까. 떠나가는 것들은 사실 떠나가는 세 아니다. 제 할 일을 하는 중이다. 그러니 나도 나의 할 일을 하면 된다. 내가 사랑하는 아름다운 것들이 내 곁을 떠나가도 나는 고통스럽지 않다.

망각

    망각한다는 건 어쩌면 축복일까. 사랑하는 시간을 잊고 싶지 않아도 잊어버릴 때가 있는 것처럼, 기억하고 싶지 않은 시간도 잊어버릴 수 있다는 것. 우리의 의지든 의지가 아니든, 사랑하는 시간을 잊어버릴 수 있어서 새로이 행복한 시간을 만날 수 있고 사랑스럽지 않던 시간을 잊어버림으로써 그때의 아픔도 같이 잊은 채 또 다른 시작을 해 볼 수 있다. 시간이 지나면 결국 바래지고 옅어지고 희미해지니까. 올라올 기미가 안 보이던 입꼬리가 올라갈 수 있는 것도 괜찮지 않았던 기억들이 옅어지고 있다는 뜻이겠지. 그러니 이 완벽하지 않은 기억력은 축복일지도 모르겠다. 아마 지나온 모든 걸 기억하지 못하는 것은 전부 우리를 위한 일일지도 모르겠다.

기억

간직하고 싶은 기억이 있다면 지워지지 않게 계속 덧그리면 된다. 십 년이 지나도록 아직까지 생생하게 느껴지는 기억들이 몇 가지 있다. 학창 시절 함박눈이 쌓였던 날, 학교 뒤편에서 친구들과 신나게 눈싸움을 했던 기억. 좋아하는 사람이 내게 처음으로 고백해 왔을 때 파르르 떨리던 그 사람의 손을 맞잡아 줬던 기억. 이날들이 특별해서 강력하게 남은 것도 맞지만, 시간이 흘러도 나는 잊지 않고 그날들을 자주 회자시켰다. 기억을 입 밖으로 언급하니 근래에 겪은 일처럼 계속해서 또렷하게 덧그려졌다. 이런 선명한 기억들에 비교하면 지난주 수요일에 뭘 했는지는 거의 기억이 없다. 아마 되새기지 않아서 그럴 것이다. 꼭 좋은 일들만 생생하게 남은 건 아니다. 정말 힘들고 슬프던 순간 중에서도 생생한 날들이 있다. 그런 날들은 되새기고 싶어서 새겨진 건 아니다. 아마 나도 모르게 아팠던 기억들을 손톱 물어뜯듯 깊게 파내다가 자국이 남았을 테다. 지우고 싶은 기억이 있다면 잊어버리게 두면 된다. 기억이라는 건, 자주 회상하는 쪽으로 남게 되니까. 아팠던 기억들이 의도치 않게 내 마음속에 새겨졌더라도 즐거웠던 일들을 더 많이 그려 보면 된다. 계속 덧그리면서 평생 지켜 내고 싶은 기억이 또 새로이 만들어지기를 바라본다.

이별까지 사랑

　머물렀던 자리에서 일어날 땐 흔적이 없도록 깨끗하게 정리해야 한다. 노래의 마지막 소절이 끝난 가수들이 카메라가 꺼지기 전까지 감정을 유지하듯이 언제나 일은 마무리까지가 끝이다. 사랑은 상대가 떠나가면 끝이라고 생각하지만, 잔뜩 남은 이 감정을 정리하는 이별의 시간까지도 모두 사랑이다. 사랑은 예의가 없어서 떠나는 사람은 제자리를 정리하지 않는다. 그렇게 오래 머물렀던 집에서 몸만 쏙 빠져나간다. 집주인인 나는 홀로 남겨져 뒤처리를 하는데, 여간 고통스럽고 힘든 게 아니다. 머리맡에 두기만 하고 쳐다도 보지 않는 인형이지만 애정이 깃들어서 내다 버릴 수는 없는 것처럼, 쓸모없이 애정만 가득한 것들이 구석구석 빼곡하다. 주인 없는 방을 쉬지 않고 정리하다 보면 그래도 점점 비워지는 게 눈에 들어온다. 그러다 어느 날은 아이들이 보물찾기 하듯이 방 안 구석 몰래 숨겨 놓고 간 것들이 발견되기도 한다. 다시금 뒷정리의 고통이 밀려오지만 아직 사랑이 다 끝나지 않았다는 증거

이기도 하다. 방주인이 몰래 숨겨 놓은 것들을 책장 틈새에서 발견
해도 심장이 아픔으로 동요하지 않을 때까지 계속해서 정리를 해
나간다.

빈 몸

나는 무언가를 가져 본 적이 있나. 내가 영원토록 가슴에 품고 살고 싶었던 것들. 아끼던 검은색 구두 한 켤레. 발등 위에 큰 리본이 달려 나를 동화 속 주인공으로 만들어 주던 구두. 나중에는 발이 커져 버려 신을 수 없게 되었지만, 쓰임의 가치를 잃어버렸음에도 간직하고 싶었던 것. 영원토록 품고 살고 싶었던 내 것. 그러나 구두는 저 멀리 떠내려간다. 강물이 흘러 흘러 나에게서 멀어지는 것처럼 내 안에 품고 있던 것들이 함께 저 멀리 흘러간다. 앞에서 떠내려오던 나사말 한 줄기가 내 몸에 걸려 잠시 멈췄다. 나는 그것을 가질 수 없다는 걸 알면서도 내 옷이라고 여기어 본다. 계속되는 물살에 결국 내 옆으로 비껴가면 나는 다시 벌거벗은 몸이 될 것을 알면서도. 내게 멈추어진 것들은 시간의 물살을 버티지 못하고 나를 비껴서 가던 방향으로 흘러가게 된다. 결국 나는 빈손이다. 아무것도 걸치지 않은 빈 몸이다. 모든 것은 내게 남지 않는다. 그런데도 나에게는 무

195

언가 많이 남겨져 있는 듯하다. 나를 거쳐 간 것들이 내게 무언가를 주고 떠난 듯하다. 행복한 맨몸뚱이다.

부화

　　새가 알을 품는 시기에 돌입하면 제대로 먹지도 마시지도 않는다. 일정한 온도를 지키기 위해 둥지를 온전히 지켜 내며 알을 품어 낸다. 그렇게 정성을 다해 부화시킨 새끼가 떠날 때가 다가오면 세상 밖으로 놓아준다. 새에게서 진정한 사랑의 의미를 배웠다. 무언가를 내 안에 사랑으로 품는다는 건, 그 사랑을 다시금 세상에 놓아 줄 마음도 함께 품는다는 것이 아닐까. 이 내 마음 안에서 따뜻한 온기와 정성 어린 애정을 듬뿍 받은 채로 잘 지내다가, 우리의 시간이 다해 어느샌가 곁을 떠날 때가 다가오면 내게 받은 사랑을 싣고 세상으로 나가는 것. 나는 이 사랑을 잘 보듬어 냈다며 후회 없이 자랑스럽게 작은 새를 날려 보낸다.

IV

우리가

아름답던

찰나에

찰나

사람들이 벚꽃을 열망하는 이유는 뭘까. 물론 아름다운 외관을 가진 덕도 있겠지만, 본질은 따로 있다고 본다. 예쁜 모양새를 가진 꽃은 세상에 많다. 그러나 수많은 꽃과 큰 차이점이 있다면, 벚꽃은 아주 짧게 피어났다가 금방 져 버리는 꽃이라는 것이다. 아름다운 장관을 누릴 수 있는 시간을 넉넉하게 주지 않는다. 사람들은 어떻게든 그 순간을 담으려고 노력한다. 사진으로든 눈으로든. 우리는 아름다운 외관 그 자체를 좋아하는 게 아니다. 이 아름다움의 찰나, 그 소중함을 좋아하는 것이다. 이건 동정하는 마음이 아니다. 짧고 굵어서 더욱 강렬하게 와닿는 고귀한 마음이다. 사실 벚꽃뿐만 아니라 모든 꽃이 피고 진다. 모든 동물도 피고 진다. 누군가의 인생도 피고 진다. 우리 또한 잠깐의 생명력을 지닌 존재다. 그래서 너무나도 소중하고, 아름답고 또 고귀하다. 그러니 벚꽃 대하듯, 찰나의 아름다움을 지닌 우리의 삶을 더욱 열망하자.

존부

　자발적으로 고립되고 싶은 날이 있다. 살아가는 것을 잠시 멈추고 싶을 때 나는 나를 투명 인간 취급한다. 이 세상의 소리에 묻혀 어차피 들리지 않을 목소리를 더욱 다물어 본다. 눈에 보이는 풍경은 그저 눈이 있어 보이는 것일 뿐, 감상하지 않는다. 저물어 가는 붉은 해를 아쉬워하지 않는다. 오는 연락도 넘긴다. 굳이 기쁨을 느끼지 않게, 굳이 슬픔도 느끼지 않게 모든 것을 신경 쓰지 않아 본다. 비에 맞지도 않고 발길에 차이지도 않는다. 나는 오늘 존재하지 않으니까. 그냥 그렇게 삶에서 나를 잠시 지운다. 이렇게 살지 않음을 경험하며 하루 쉬어 간다. 괜찮다. 아무도 기억하지 않는 날이다.

서툰 말

　방 청소를 하다가 침대 밑 저쪽 귀퉁이에 끼어 있는 편지 한 통을 발견했다. 숨을 크게 들이마신 뒤 밑으로 들어가 그것을 꺼냈다. 먼지가 한가득이었다. 아무도 찾지 않는 무인도에 오래 묻혀 있던 보물 상자를 발견해 내고 그 위에 흙을 털어내듯, 편지 위에 쌓인 먼지를 털어낸다. 어떤 보물이 담겨 있을까. 열 생각을 하니 심장 박동이 빨라졌다. 편지를 꺼내 그 안에 적힌 글자들을 훑어 냈다. 누군가에게 보내지 못했던 서툰 마음들이 적혀져 있다. 전혀 다듬어지지 않은 감정과 들쭉날쭉한 문장들을 마주했다. 이제는 능숙하게 선어할 수 있지만 그때의 미성숙한 글자들에서 느껴지는 몽글함. 나의 어린 시절. 어쩌면 나는 오래전 잃어버렸던 나의 순수함과 마주한 걸까. 다 자란 화려한 언변 속에서 감정을 느끼는 것과는 확연히 다르다. 첫돌이 가까워지던 아기의 입에서 처음으로 '엄마' 소리를 들은 것처럼, 그 서투름에서 느껴지는 감동. 순수한 아름다움. 침대 밑에서 발견한 옹알이의 무한한 감개였다.

고립

　누군가와의 불편한 상황이 싫다. 수많은 관계 속에서 자연스레 벌어지는 불신과 상처, 배신, 질투와 시샘. 이것은 의도한 것이든 아니든 타인과 주고받는 상호작용 속에서 느껴야 했던 갈등이었다. 이 섬에서는 어린 참새들만 다투는 줄 알았는데, 덩치 큰 독수리들도 다툰다. 다 커 버린 각자의 부리는 너무나 위협적이고 단단하다. 잠시 한눈파는 사이 내가 물고 있던 먹이까지 휙 낚아채가 버리니까. 사회란 교류를 하며 사는 곳이지만, 지금의 나는 교류를 원하지 않는다. 나는 이 섬을 떠나고 싶다. 섬 밖에 펼쳐진 바다로 날아가고 싶다. 저 무인도에 나를 고립시키고 싶은 욕구가 밀려온다. 외롭기도 하겠지만, 누군가의 도움이 필요한 순간도 오겠지만, 혼자 있을 수 있다면 모든 걸 감당할 수 있을 것 같다. 누군가가 나에게 도움을 주려고 손을 뻗지 않는 게 도움이 될 때가 있다. 그 손마저 피해 버리고 싶은 마음인 순간이니까. 온전히 고립된 상태에서 상호 작용의 충전 시간이 필요하다. 타인이 그리워질 때면 잠깐 섬 밖으로 나가 타인의 냄새만 맡고 다시 돌아오면 된다. 아무도 만나지 않으면 아무 문제도 일어나지 않을 거라는 생각이었다.

안식처

집에 늦을 것 같은 날이면 집에 있는 가족에게 미리 소식을 전한다. [오늘 늦게 들어갈 것 같아.] 기다리는 사람을 위한 배려의 마음이다. 그럼 항상 이렇게 답장이 온다. [알겠어. 안전 귀가 하도록.] 귀가라는 단어에서 큰 소속감을 느낀다. 내가 돌아갈 그곳의 온기가 느껴진다. 집은 외부와 내부의 경계, 그리고 타인과 나와의 분리 공간이다. 그곳은 정처 없이 세상을 떠돌던 육신이 편히 쉴 수 있는 유일한 보금자리다. 내 몸이 쉴 수 있는 집이 있듯, 정처 없이 방황하는 내 정신도 쉴 수 있도록 이 마음속에 집을 하나 지어 본다. 힘들 때 잠시 숨을 수 있는 장소. 나는 대답하지 않는다. 그 누구도 나를 불러내지 못한다. 나는 모든 게 한시름 놓이고 나면 나의 의지로 문을 열고 나간다. 이 마음의 집은 늦게 들어가도, 늦게 나와도 괜찮다. 오롯이 나의 안정을 위한, 나의 휴식을 위한 공간이다.

자연

　나는 아무것도 아니라는 생각. 그 무엇보다 못나지 않았고 그래서 그 무엇보다 잘나지도 않았다는 생각. 저기 피어 있는 한 송이의 꽃보다, 날아다니는 까마귀보다, 나무에 거미줄을 친 거미보다 나는 결코 낫지 않다. 지능적 사고를 하는 것이 자연의 그 무엇보다 월등하다고 할 수 있을까. 나는 지능적인 사고를 해서 나 자신을 외롭게 만들기도 하며, 괴롭게 만들기도 한다. 지능적이지 못한 동물들은 복잡한 생각으로 스스로 괴롭게 만들지 않는다. 우리는 지능적이지 못한 것을 보고 멍청하다고 말하지만, 그 지능으로 스스로를 괴롭게 만드는 것은 멍청하지 않은 것인가? 가득 채워져 있는 것은 텅 빈 것만도 못할 때가 있다. 가득 채워지다 못해 넘치는 것들에 짓눌려 버리는 것 같을 때는 마음에 담긴 모든 것들을 버린다. 그렇게 조용히 피어 있는 꽃이 되어 보기도 하고, 날아다니는 까마귀가 되기도 하고, 나무에 매달린 거미가 되어 보기도 한다. 지능을 가지지 않은 자연과 동화된다. 더욱 지혜롭고 평온한 상태로 돌아간다.

호수

집 앞에 큰 호수가 있다. 호수에 가면 울타리 가까이에 다가가 물 안에서 헤엄치는 잉어들을 바라보곤 한다. 옆에서 한 남자아이가 빵 부스러기를 뿌려 준다. 빼곡한 잉어들 틈에서 덩치가 꽤 큰 녀석들이 몇 보인다. 먹이를 주는 족족 덩치 큰 녀석들이 줄곧 받아먹어 옆에 있는 작은 놈들이 불쌍하게 느껴졌다. 큰 잉어들이 저 멀리로 갔을 즘, 나는 작은 잉어들에게 아까 남자아이가 내게 나눠 주었던 빵 조각 조금을 가루 내어서 뿌렸다. 먹이를 많이 먹으면 녀석들이 조금 더 자랄까. 아무튼 내가 준 먹이를 먹고 덩치가 좀 더 커졌으면 좋겠다. 나는 내 호수 안에 살고 있는 마음 중 어떤 마음에게 자주 먹이를 던질까. 나도 모르게 우울한 마음에게 자꾸 먹이를 던져 그 녀석들의 몸집을 키우진 않았을까. 몸집이 크면 아무래도 눈에 밟히기 쉽다. 안 좋은 마음들이 눈앞에서 헤엄친다면 아무것도 던져 주지 말아야겠다. 녀석들이 저 멀리 물러갈 때쯤이면 좋은 마음들을 찾아 더 먹여야겠다. 사랑하는 마음, 고마워하는 마음, 이해하는 마음에게. 지금보다 더욱 몸집이 커질 수 있도록, 그래서 내 호수에서 마음껏 헤엄치며 자주 눈에 밟힐 수 있도록.

다를 것 없는

여느 때와 무엇 하나 다를 것 없는 한 해의 끝자락이 다가온다. 나도 모르는 새 내 마음이 특별한 걸 기대했었나 보다. 그냥 '날'들 중 하나인데 마지막이라는 단어를 붙여 특별해 보이게 만들었다. 거창한 의미를 부여하면 그만큼 마음도 부풀어 오르지만, 뭐든 부풀어 오르는 건 속이 텅 비어 있기 마련이다. 부풀어 오른 만큼 다시 바람이 빠져 버리면 상실감은 비례해진다. 마치 포장만 거대한 선물을 받은 기분이기도 하다. 특별함의 의미가 무엇인지, 그 뒤에 항상 따라오는 상실감은 또 무엇인지 잘 모르겠다. 그래서 이유 모를 우울도 함께 들이닥친다. 그렇게 내 감정은 거대한 빈 상자 속에 갇혀 환호하는 사람들 틈에서 아무것도 모른 채 속수무책으로 당한다. 내가 어떤 대상에게 특별하다는 의미를 부여하면 그 의미 부여는 언젠가 그에 대한 대가를 꼭 치르게끔 했다. 그리고 그 대가가 상실이라는 건 너무나도 잔인했다. 그래서 나는 특별할 것 같은 무언가와 마주했을 때 여느 때와 다르지 않다며, 이따금씩 들뜨려는 마음을 애써 진정시키며 차분하게 쓰다듬어 준다.

연잎

나는 방죽의 연꽃이다. 내가 가진 연잎은 아주 커다래서 비를 피하기 유용하다. 잠시 스쳐 가는 소나기에는 젖지도 않고 끄떡없이 견뎌낼 수 있다. 이러한 잎들로 누군가의 우산이 되어 주기도 한다. 누군가가 슬픔에 젖지 않게 비를 막아 준다. 그러나 진짜 우산처럼 꼭지가 위로 향한 게 아닌, 안쪽으로 패어 있어서 오래 들고 있자면 웅덩이가 생기고 만다. 도르록 도르록 소리를 내며 떨어진 빗물은 가운데로 한껏 고여 중심을 잡지 못하고 이리저리 휘청거리다가 한 번에 쏟아져 내린다. 한 바가지 쏟아진 빗물이 몸에 튈 때면 나는 제 역할을 잘하지 못한다고 핀잔을 듣기도 한다. 그래도 괜찮다. 잠깐의 우산이 되어 도움을 줄 수 있다면 좋다. 그렇게 한껏 비워 내면 또다시 슬픔을 받아 줄 수 있다.

사연

마음속에 라디오 하나가 있다. 쉴 새 없이 흘러나오는 무수한 사연들. 물론 모두 나의 이야기이다. 내가 듣고 싶어 하는 말들만 나왔으면 하지만, 진행자가 나와 같은 마음은 아닌 것 같다. 듣고 싶지 않은 이야기들이 흘러나올 때가 가끔 있는데 그럴 때는 조금 듣다가 채널을 돌려 버린다. 마음속 라디오는 전원이 꺼지지 않는다. 듣기 싫을 땐 채널을 돌리면서 더 나은 내용을 찾아볼 뿐이다. 가끔은 옛날에 있었던 일들까지 흘러나올 때가 있다. 기억하고 싶지 않았던 이야깃거리들. 어디서 찾아내는 건지 싶다. 그럴 때면 좋은 이야깃거리들을 많이 만들어서 사연 제보를 해야겠다는 생각이 든다. 진행자가 수많은 제보를 뒤적거리다 아무 사연이나 뽑아도 그게 유쾌한 얘깃거리게끔, 즐거운 내용으로 가득 담아서 달갑지 않은 내용은 찾기 힘들게 말이다.

민들레 씨

산책 후 집에 돌아오니 민들레 씨가 머리와 등 뒤에 하나씩 몰래 숨어 있었다. 쥐도 새도 모르게 붙어 있었다. 내가 발견하지 못한 게 어딘가 또 붙어 있진 않을까, 구석구석 찾아본다. 집 안에서 털어내기는 뭐해서 다시 밖으로 나갔다. 불어오는 바람이 작은 민들레 씨의 손을 잡고 나에게서 저 멀리 멀어진다. 바람을 맞으니 웬일인지 마음도 함께 가벼워졌다. 잠시 스쳐 가면서도 어찌 알고 내 속에 있던 답답한 마음까지 함께 떠안고 저 멀리 날아가 줬을까. 아무래도 마음이라는 건 무겁게 가라앉아 나를 무겁게 짓누르고 있다가도 결국은 불어오는 바람에 어지러이 흩날려 갈 작은 민들레 씨인가 보다.

수확

가을은 아름다운 것들을 걷는 계절이다. 잘 익은 곡식들을 거둬들인다. 우수수 떨어져 있는 노란 낙엽들을 매일 거둬들인다. 그새 또 떨어진 낙엽을 바스락 소리가 나게 밟으며 걷다 보면, 미처 거둬들이지 못한 마음이 다시 맺힌다. 무르익은 과일처럼 자연스럽게 떨어질 때도 됐는데, 자꾸만 자꾸만 맺힌다. 그리움이 계절을 마다하고 피어난다. 그리움은 수확해도 다시 맺히는 열매이다. 치워도 또다시 떨어져 밟히는 낙엽이다. 지워도 지워지지 않고 돌아오는 계절이다. 매 순간 찬란하게 빛나지만 찬란해서 더욱 그립다. 빛나지나 말 것이지, 봐도 봐도 질리지 않는 아름다운 순간들뿐이다. 그리움은 걷을 수 없는 아름다움이다.

여유의 계절

　　단풍이 물들고 낙엽이 질 무렵이 오면 왠지 모를 여유가
찾아온다. 여름 새벽 일찍부터 하늘이 푸른빛으로 물들어 올 때
면 곧장 하루를 시작해야 할 것처럼 마음이 나를 부추긴다. 이렇
게 아침이 밝아 오는데 아직도 일어나지 않았냐고 꾸짖는다. 시
달리지 않아도 될 것 같은 괜한 죄책감이 들게 한다. 내가 일찍
일어났으니 너도 일찍 일어나고, 집에 일찍 들어갈 거니 너도 얼
른 들어가라는 듯 이른 일출에 맞춰 등 떠밀리는 하루를 보내야
할 것만 같다. 겨울이었으면 아직 쥐 죽은 듯 껌껌할 시간일 텐데
말이다. 살짝 서늘한 공기가 들숨에서 느껴질 즘의 일출이 좋다.
적당한 아침 시간과 적당한 저녁 시간을 제공해 준다. 이 계절이
찾아오면 올해의 끝자락에 접어들었다는 신호지만 마음은 도리
어 여름 녘 새벽보다 편안해진다. 해결하지 못한 채 남겨둔 것들
에 대해 이야기해 주는 것 같다. 아직 늦지 않았으니 괜찮다고,
해결할 수 있는 시간이 남았으니 시원한 공기 한 번 크게 들이쉬

어 한숨 돌려 보라고 위안해 준다. 다시 여유롭게 할 일을 마무리

지어 보라고 재촉하지 않고 응원해 준다.

비행

새가 내 머리 위 하늘을 비행한다. 그 모습을 지켜보니 정처 없는 자유로움이 느껴진다. 새는 제가 있던 곳에서 원하는 곳으로 방향을 튼다. 반면 나는 나아가야 할 방향을 정할 때면 왜 내가 이곳으로 향하는지 고민하고, 이 방향을 선택한 이유를 누군가에게 타당하게 설명할 수 있어야 한다고 생각했다. 내가 길을 걷고 있으면 누군가는 물어왔기 때문이다. 어디로 가는 중이냐고. 나는 어디로 가는 중인 걸까. 이 질문에 대한 답을 하지 못하면 나는 걸음을 허비하는 사람이 되어 버리는 걸까. 그 뒤로 나는 내가 서 있는 곳에서 걸음을 떼기 전에 생각한다. 누군가 어디로 가냐고 물으면 무어라 대답할지에 대해. 그렇게 걷고 있으면 또 누군가 묻는다. 왜 그곳으로 가느냐고. 우리의 걸음에, 그리고 도착지에 납득이 될 만한 타당성은 필수인 걸까. 새는 본인이 원하는 곳을 향해 비행한다. 내 머리 위를 비행하던 새처럼 이유 따윈 설명하지 않고 마음대로 방향을 바꾸고 싶다. 내가 걷고 있다고 말해도 그곳으로 왜 가느냐는 질문을 던지지 않는 길을 거닐고 싶다. 대답들로 꽉

216

찬 머릿속이 가벼워지면 걸을 때마다 새처럼 비행하는 기분을 느낄 수 있을까. 정처 없는 걸음을 걸어 본다.

청춘

청춘에는 모든 게 어렵다. 많이 살아 보지 않아서, 아직 잘 몰라서 그런 걸까. 인생의 젊은 날들을 청춘이라 일컫는다. 새싹이 파랗게 돋아나는 봄철처럼 삶을 계절로 늘어놓았을 때 첫 번째 계절에 해당하는 시간. 나는 아직도 긴 청춘을 맞는 중일까. 아는 것이 훨씬 많아졌는데, 알아도 여전히 어렵기만 하다. 잘 몰라서 어렵기도 하고 아는 데도 익숙지 않아 어렵기만 하다. 이 모든 게 더욱 익숙해질 때면 이 기나긴 청춘은 드디어 끝나는 걸까. 모든 게 무던한 삶에 다다르면 세상이 조금 편해질까. 혹은 삶이 끝나기 전까지 세상을 어려워하진 않으려나. 그렇다면 나는 청춘만을 살다가 가게 되는 거겠지. 처음부터 끝까지 청춘이었던 그런 새싹 같은 삶을.

이면

동굴 안에 팔다리가 묶인 채 평생을 사는 사람이 있다. 그 사람은 평생 동굴에 비친 자신의 그림자만 바라본 채 살 것이다. 저 검은색의 그림자가 나 자신일 거다. 그렇게 동굴에서 평생을 살던 사람이 동굴 밖으로 나가게 된다. 밖에 있던 식물과 곤충, 뛰어다니는 동물들과 마주한다. 그리고 드넓은 하늘을 마주한다. 동굴 속 사람은 깨닫는다. 내가 살던 세상은 그림자의 세상이었다는 걸. 우리는 어떤 그림자를 믿고 사는가. 내가 아는 게 실재한다고 말할 수 있을까. 정신을 깨고 나와 세상을 바라보라. 생명을 마주하고 알록달록한 세상을 보면 알 수 있다. 내 눈으로 보는 게 전부가 아니라는 걸. 눈에 보이는 그림자는 실재하지 않는 것일 수도 있고, 내가 눈으로 보지 못하는 것들이 세상에 실재할 수도 있다. 보이는 대로 믿는 것은 이면에 갇힌 동굴 속과 다름없다.

들꽃

가끔은 한발 다가가서 더욱 가까이 마주하고 싶은 사소한 것들이 있다. 펴진 무릎을 쪼그리고 앉아 엄지손톱만 한 작은 들꽃을 보고 있자면, 가슴속 어디선가 몽글몽글한 마음이 피어오른다. 누가 도와주지 않아도 어떤 땅에서든 잘 자라는 작은 녀석. 가끔은 척박한 길모퉁이에도 자리 잡고 늠름하게 본인만의 꽃을 피워 내기도 한다. 추운 겨울이 성큼 다가오면 들꽃의 씨앗은 꽁꽁 얼어붙은 지면 아래서, 곰이 겨울잠을 자듯 조용하지만 제 존재만큼은 역력하게 지켜 내고 있다. 계절과 계절마다 내리는 비가 잠든 씨앗을 톡 건드려 깨워 낼 때면 또다시 다른 계절에서 제 생김을 변함없이 피워 낸다. 이 작은 들꽃이 내 마음에도 씨를 뿌린 걸까. 마음속에서 들꽃을 닮은 마음이 피어난다. 아무 데서나 잘 살지만 아무렇게나 살진 않는 이 꽃처럼 나도 잘 살아 보겠다고, 쪼그렸던 무릎을 다시 펴고 일어나 가던 길을 나아간다.

늪

한꺼번에 울컥 밀려오는 쓸쓸함이 있다. 허우적거릴수록 늪처럼 더 깊이 빨아들인다. 쓸쓸함이 나를 덮칠 때면 내가 아는 모두가 나를 잊은 것만 같다. 진득한 흙이 점점 차오르는데 이 모든 마음은 뿔뿔이 흩어진다. 친구는 멀게만 느껴지고, 사랑하는 사람은 마치 남 같다. 고독한 운명을 지닌 비련의 주인공처럼 세상이 나를 잊은 것 같다. 바라는 기대가 큰 탓일까. 과연 나는 누구에게 무슨 기대를 하고 있는 건지, 원하는 게 무엇인지 스스로도 잘 모르겠다. 습관적으로 외로움이라는 늪에 발을 담그고 누군가 구해주기를 기다릴 뿐이다.

빛

　　살다 보면 오랫동안 걷히지 않는 큰 어두움에 휩싸이기도
한다. 지구 온난화 때문에 한 달 내내 비가 내리는 이상 기후처럼,
어둠이 걷힐 기미를 보이지 않아 빛이 존재하지 않는 곳에서의 삶
을 살게 될 때가 있다. 빛을 오래 못 보니 푸르르던 마음은 이내 시
들고 내 정신 또한 외로움과 무력감에 점점 생기를 잃어버리게 된
다. 고난이 찾아와도 그것에 굴복하지 말고 더 맞서 싸워 이겨 내
라고 하지만, 오랜 장마를 감히 어찌하지 못하고 그저 비가 그치기
만을 비를 맞으며 기다리는 것처럼 이 어둠 속에서 나는 생기를 잃
은 채 무력하게 지낼 뿐이다. 어둠에 묻힌 채로 살아가는 게 어둠
속에서 오래 버틸 수 있는 방법이었다. 가끔은 빛에 대한 희망이
다음 날 내게 더 큰 외로움을 가져다주기도 했으니까. 그래서 아무
기대도 하지 않은 채 그렇게 살아가는 거라고. 그냥 그렇게라도 살
수 있다면 그렇게라도 살아야 하지 않을까 하며. 깜깜한 곳에서 빛
을 찾는 건 너무 외로운 일이니까, 이 어둠이 조금 걷힐 때가 되면
나도 그때 다시 희망을 품어 보겠다고.

크리스마스 캐럴

집에서 혼자 밥을 먹었다. 무언가 적적한 분위기를 깨고자 크리스마스 캐럴을 틀었다. 크리스마스 노래는 왜 이렇게 슬픈 걸까. 우물우물 음식을 씹다가 눈물이 핑 돌았다. 나오는 눈물을 도로 넣고 싶은 대신 밥숟갈을 입에 넣었다. 적적했던 건 분위기가 아니라 내 마음이었을까. 혼자 밥 먹는 일이 처음도 아닌데 문득 서러움이 느껴졌다. 비참함을 느낀다. 밥 먹는 것에 대한, 노래를 듣는 것에 대한, 사는 것에 대한 비참함. 그저 살아가는 게 비참하게 느껴진다. 어차피 지나가겠지. 하지만 지나간다고 사라지는 것은 아니다. 비참함은 사라지지 않는다. 내가 살아 있는 동안에는. 이 비참함은 달랠 방법이 없다. 음악을 껐다. 아무래도 이 모든 건 크리스마스 캐럴이 너무나도 서글퍼서인 것 같다. 음악이 멈추니 새어 나오던 눈물도 서러움도 조금 멈췄다. 비참함을 느낀다고 달라질 건 없다. 나는 먹던 밥을 계속 먹어야 한다. 밥숟갈을 다시 입에 넣는다.

안부

　　마음의 여유가 없으니 누군가를 챙기는 것도 하나의 일이 된다. 머릿속에 떠올리는 것마저 일이 되어 금세 지워 버린다. [요즘 어떻게 지내?] 먼저 연락해서 물어봐 주는 사람들이 고맙다. 내가 나를 챙길 겨를도 없는 와중에 누군가 나를 챙겨 준다. 대뜸 전화 와서 밥은 챙겼냐고 묻는 어머니 같다. 갈수록 누군가에게 잘 지내냐는 안부 한 마디 건네기가 어려워진다. 건네기만 한다고 끝인 게 아닌 걸 아니까. 근황도 물어보고 한 끼 식사 약속도 잡으려고 노력해야 하니까. 당연하게 학교 끝나는 시간에 맞춰 약속을 잡던 학생 때와는 아주 다르다. 어른들은 각자 일상의 시간표가 너무 빼곡해서 만날 시간을 맞추기가 어렵다. 안부를 묻는다는 게 단순한 일이 아닌, 이런 수고스러움이라는 걸 알면서 상대방을 위해 자선한다는 걸 안다. [요새 많이 바쁜가 보네.] 실제 바쁜 것보다 더 바쁘다고 핑계라도 댈 수 있게 먼저 물어와 주니 고마운 사람들이 많다.

삶의 방패

조용히 숲속을 거닐다 보면 모든 것이 찰나로 지나감을 느낀다. 매 순간이 일 초씩, 일 분씩, 한 시간씩 등 뒤로 멀어져 간다. 뒤를 돌아보면 내가 지나온 길이 깔려 있고 앞을 보면 나아갈 길이 펼쳐져 있다. 내 걸음과 시선이 닿는 곳마다 마음을 몽글하게 만들어 주는 것들은 꾹꾹 눌러 담으려고 한다. 그것이 있는 곳에서 멀어져도 최대한 오래 잃지 않으려고 한다. 펼쳐진 길로 계속 나아가기 위해선 푹신푹신한 것들이 필요하다. 충격을 감소시켜 주는 쿠션 같은 것들. 끝이 보이지 않는 울창한 길을 계속 걸어가다 보면 무언가 날카로운 것들이 꼭 내 팔과 다리에 생채기를 낸다. 그럴 때마다 몽글몽글한 것을 바라본다. 팔에 상처가 생겼을 때 날아다니는 구름 한 번. 다리에 상처가 생겼을 때 떠다니는 나비 한 번. 그 시선들은 내 마음에 쿠션이 되어 준다. 상처가 덜 아프게, 덜 느껴지게. 가슴에 푹신푹신한 것들을 많이 담아 놓으면 살아가는 데에 아주 크고 단단한 방패가 된다.

꽃잔디

기대어 본 적 없다고 생각했는데 알고 보니 밑에서 받쳐 주고 있었다. 나를 향한 걱정을 당연한 것이라 여겨왔는데 이제는 그대를 향한 걱정이 더욱 커져 가는 나를 보며 이것은 걱정의 마음이 아니라 사랑의 마음이라는 것을 알게 되었다. 크고 든든했던 나무는 어느새 작은 화분의 꽃으로 바뀌어 있었다. 햇빛에서 잘 자라지만 빛이 부족하더라도 아랑곳하지 않고 바닥에서 피워 내는 진홍색 꽃. 잔디처럼 꿋꿋한 생명력을 가져서 생긴 그 이름 꽃잔디. 언제나 뜨거울 듯한 태양은 어느새 아련한 빛을 비추는 달로 바뀌어 있었다. 내게 슬픈 밤이 찾아오는 중일까. 혹은 매일 찾아오던 밤을 이제서야 슬픔으로 느끼는 걸까. 고달픈 머리카락을 보면 그 얇은 머리카락은 나의 어딘가를 부드럽고도 아프게 후벼판다. 품에 안기기엔 훌쩍 커 버린 나와 작아져 버린 그대. 따뜻하지만 그래서 한편으로 이 온기가 사라진 뒤에 느껴질 냉기가 두렵다. 나를 만들었지만 나를 무너지게도 할 수 있는 그대. 아름다운 나의 어머니. 언젠가 달마저 져 버린 밤을 홀로 담대히 견뎌낼 수 있기를.

고독

이 세상에 철저하게 홀로 떨어져 있는 기분이다. 고독이 물밀듯 밀려온다. 지금 당장 고민을 나눌 친구가 없는 것도, 집에 가족이 없는 것도 아니다. 고독한 시간은 나 자신을 위해 쓰라고 주어지는 시간이다. 세상을 전부 벗겨내고 실오라기 하나 걸치지 않은 내 영혼의 나체를 탐색할 시간. 이 순간만큼은 영혼과 자유롭게 말을 걸고 대화할 수 있다. 나아갈 삶의 방향을 정하는 데에 도움을 준다. 다만, 영혼은 부끄러움이 많아 누군가 나타나면 어디론가 숨어 버린다. 그러니 철저하게 혼자가 되어야 한다. 혼자 맞이하는 순간이 외롭고 쓸쓸하게 느껴질지 몰라도, 우리만의 시간을 자주 가지다 보면 점차 편안하게 느껴질 것이다. 내 삶을 이보다 진지하게 의논해 줄 대화가 또 없다. 고독은 나만이 가질 수 있는, 남들과 나눠 갖지 않아도 되는 황금이다.

꿈

잠들기 전에 누워서 하는 생각들이 꿈에 영향을 미친다고 한다. 사실 나는 이미 알고 있었는지도 모르겠다. 평소 꿈을 잘 꾸는 편이기도 하지만, 금방 잠이 오지 않을 때는 눈을 감고 내가 꾸고 싶은 꿈들을 마음껏 펼쳐 본다. 그러다가 정말 잠이 들었을 때, 내가 상상하던 내용이 주제가 되는 경우가 있다. 매번 그런 건 아니지만 이 방법이 종종 들어먹을 때가 있어서 이제는 습관처럼 눈을 감은 채 꿈을 만들다가 자연스럽게 잠에 든다. 우리는 일상에서 언제나 의식적으로 행동하지만, 그렇다고 무의식이 잠자고 있는 것은 아니다. 의식이 깨어 있을 때도 무의식은 깨어 있으며, 잠든 순간은 의식이 함께 잠들어 무의식만 깨어 있는 상태이다. 그리고 꿈속은 나의 무의식 세계이다. 가끔 생각도 못한 인물이 등장하거나 도둑에게 쫓기는 꿈을 꿨을 땐 일상에서 그와 비슷한 상황이나 생각이 스쳐 지나갔던 것이고, 우리의 무의식 세계는 이러한 모든 순간을 저장해 둔다. 악몽을 자주 꾸는 건 근래에 나도 모르게 스트레스나 불안이 많이 쌓여 있다는 뜻이 되기도 한다. 그래서 나는 의식이 깨어 있을 때 내 머릿속에 저장된 메모리를 정리한다. 헤아려 주지 못한 무의식들은 의식이 있을 때 보살펴 준다. 나의 무의식이 불편하지 않게 더욱 깊이 들여다본다. 잘 보살펴 줄 테니 괜한 악몽으로 내 잠자리를 설치게 하지 말라고 안정시킨다.

사탕

기대하는 게 없어질 때 눈동자는 빛을 잃는다. 기대 없는 삶은 선물 없이 진행되는 생일 파티나 다름없다. 우리는 알게 모르게 매 순간을 기대하며 산다. 내가 주문한 음식이 얼마나 맛있을까, 내게 숨겨진 재능이 있진 않을까, 가만히 누워 있는 와중에도 누군가가 나를 찾는 연락이 와 있진 않을까, 내심 기대하는 마음으로 괜히 핸드폰 화면을 켜 보기도 하니까. 기대하는 마음을 가질 땐 마음이 반짝 빛난다. 오늘은 또 어떤 게 나에게 깜짝 선물이 되어 기쁨을 느끼게 해 줄지, 숨겨진 상자를 찾아보는 어린아이로 돌아가게 한다. 기대하지 않는 마음에 찾아오는 선물은 더욱 감동적으로 다가오지만, 기대하며 찾아 나서는 행복을 취하는 삶의 재미는 또 다르다. 반짝하고 빛나는 눈동자를 보면 마치 사탕이라도 하나 쥐여 주지 않을까 하며 엄마의 치맛자락을 붙들고 놓지 않는 아이의 모습이 비친다.

혼잣말

겨울 냄새가 살짝 곁들여진 바람이 불어온다. 코 안쪽이 살짝 시려 오지만 무언가 뻥 뚫리는 기분이기도 하다. "아, 좋다." 목소리를 앞으로 뱉는다. 골목엔 혼자뿐이라 아무도 듣는 이가 없다. 돌아오는 대답은 없지만 계속 걸으면서 종종 말을 건넨다. 이 말을 듣는 사람은 나뿐이다. 나에게 말을 건넨다. "아, 시원하다." 상대 없는 혼잣말은 왠지 모를 해방감을 준다. 종종 말을 건넸을 때 대답을 하지 않는 사람들이 있다. 우리 어머니 같은. 속으로는 분명 대답을 했는데 깜빡하고 입 밖으로 소리 내는 걸 잊으실 때가 있다. 대답이 돌아와야 하는데 침묵이 느닷없이 길어지면 극도의 답답함이 느껴진다. 나는 그런 답답함을 어머니 덕분에 종종 느낀다. 누군가에게 말을 건넬 때는 돌아오는 대답을 신경 쓰게 된다. 아무리 생각해도 생각을 말로 꺼내는 대화라는 건, 인간이 할 수 있는 어렵고 대단한 일 중 하나라고 생각한다. 나는 그렇게 또 한마디를 내뱉는다. "오늘 구름 진짜 예쁘다." 그렇게 대답 없는 이에게 말을 건넨다. 동조해 주는 이도, 맞장구쳐주는 이도 없지만

기분이 좋아진다. 구름이 예쁘다고 말을 건네주어, 그 말이 내 귓

속으로 흘러들어 온다.

의식

자려고 눈을 감았는데 갑자기 내가 눈을 감고 있다는 게 의식되어 불편해졌다. 눈을 의식적으로 감고 있자니 눈꺼풀에 과도하게 힘이 들어가 푸르르 떨렸다. 그렇다고 눈에 힘을 풀자니 나도 모르게 눈이 슬며시 떠졌다. 평소에 잘 때 눈동자를 어디에 두고 잠을 청했는지 문득 기억이 나질 않았다. 편한 위치를 찾아 눈동자를 이리저리 굴려 보았지만 여간 불편한 게 아니었다. 가끔 그럴 때가 있다. 평소 무의식중에 당연하게 하던 행동들을 의식하는 순간 내가 이걸 어떻게 했을까 싶을 만큼 부자연스럽게 느껴질 때. 순간 느껴진 불편함이 내 의식을 지배해 버리는 때. 그때부터 나는 정말로 불편해지기 시작한다. 낯을 많이 가리는 편이 아니라 평소 누군가를 불편하다고 느껴 본 적이 없었다. 그래도 불편한 사람은 종종 생기곤 했다. 그 사람의 잘잘못을 떠나 그냥 어느 날 갑자기 어렵다고 느껴진다거나, 행동에 의미 부여가 되는 그런 사람. 처음 만났을 때부터 어려웠던 건 아니었다. 분명 내가 그 사람을 '어려운 사람'이라고 의식한 순간부터일 것이다. 어떠한 상황이나

233

사람을 특별하게 의식하게 되면 그 마음이 쉽게 사라지지 않는다. 눈 감는 걸 편하게 생각하고 싶다고 해서 편해지는 게 아니듯, 내가 편하게 생각하고 싶다고 해서 그렇게 되지 않는다. 자꾸만 나를 불편하게 하는 생각들을 수면 위로 들출 필요 없다. 다시금 무의식 속으로 내려앉기만을 잠자코 기다리는 수밖에 없다. 눈동자를 굴리다 다른 생각에 빠져 나도 모르게 수면으로 빠져드는 것처럼, 곧두섰던 의식도 곧 수면 아래로 가라앉게 될 거다.

찻잔

    일렁이는 물 앞에 앉으면 말이 없어진다. 하염없이 반짝이는 윤슬을 바라본다. 아무 말 없는 듯 보이지만, 사실 아주 많은 말을 하고 있다. 아무도 듣지 못하는 이 마음속에서 말을 하고 있다. 물 앞에서는 말이 많아진다. 계속해서 출렁이고 속을 알 수 없는 저 깊은 수심에는 뭐가 있을까. 괜한 동질감을 느껴서일까. 나도 나의 깊은 수심 밑바닥에 가라앉아 있던 생각들을 하나씩 꺼내어 말을 걸어 본다. 곁에 듣는 귀가 있었다면 정말 입 밖으로 말했을 듯싶다. 아, 그래서 찾아오는 손님에게 마실 차를 건네주는 건가. 혼자 물 앞에 앉으면 아무 말도 할 수 없으니 사람과 사람 사이에 물을 두고, 밑바닥 깊이 내려앉아 있던, 하고 싶은 말들을 꺼내어 이야기해 보라고. 그렇게 각자의 잔에 담긴 물의 수심이 낮아질수록 내 안에 가라앉아 있던 고민들도 하나둘, 함께 줄어들다가 결국은 바닥을 보이며 사라져 간다.

慾 욕심 욕

　　언제나 갖고 싶은 게 있었고, 지금도 갖고 싶은 것을 떠올
려 보라고 하면 바로 생각해 낼 수 있다. 나는 왜 갖고 싶은 게 생
길까? 그것들이 나에게 안겨다 주는 게 무엇인가? 생각해 보면 그
것들은 아주 잠깐의 행복을 안겨 준다. 아주 잠깐의 행복이라고 말
하는 이유는, 그 행복은 얼마 못 가 다른 모습으로 변해서다. 가진
것은 이미 소유되었으니 가지지 못한 것들에 대한 물욕으로 변한
다. 아마도 그게 본 모습이겠다. 그렇다면 내가 가지고 싶어 하는
것들이 결국 나에게 안겨 주는 건 행복이 아니라 물욕이다. 나는
영원하지 않을 잠깐의 달콤함을 맛보고 또 다른 달콤함을 찾아간
다. 이 마음은 해소되지 않는 갈증이다. 그 달콤한 껍데기들을 한
꺼풀, 한 꺼풀씩 벗겨내 보면 안에는 독이 들어 있는 셈이다. 무언
가 갖고 싶은 것은 그저 중독이라는 걸 알았다. 그 욕심에 가리어
어리석은 일을 반복하지 않겠다고 다짐한다. 세상에는 더 건강하
게 행복을 느낄 수 있는 길이 있으니 무언가 갖고 싶을 땐 차라리
나가서 걷는 게 도움이 되겠다.

반성

　　미숙했던 시간의 나와 마주했던 모든 것에게 사과를 표한
다. 옳다고 여겨 행했던 일들은 그릇되고 나야 옳지 않았음을 알
수 있지만, 모든 일이 그릇되고 나서도 뉘우치지 않으면 행동에 나
아짐이 없다. 뉘우침은 스스로 손톱을 깎는 일과도 같다. 그 누군
가 대신해 줄 수 없는 것. 때가 끼지 않게 자주 관리해야 하고 그렇
지 않으면 제 몸을 할퀴거나 남을 할퀴어 상처를 내는 도구로 변질
되는 것. 결국은 부러지거나 뜯겨 나가 스스로를 아프게 만든다.
자주 손톱을 깎으며 이 손으로 저지른 만행들을 되돌아본다. 사이
사이에 낀 때들과 마주한다. 다시 깨끗하게 정리하며 지난날의 나
를 반성한다.

작은 공

　조그마한 공이 머릿속을 이리저리 굴러다닌다. 소리는 안 나는데 정신이 사납다. 얼른 정답의 구멍을 찾아 쏙 들어가 버렸으면 좋겠다는 생각이 든다. 포켓볼 게임이 생각난다. 포켓볼은 공을 당구봉으로 쳐서 홀 안에 정확히 넣어야 하는 게임이다. 말로만 들으면 쉬워 보이지만 공을 치는 각도가 1센티만 어긋나도 공은 원하는 방향과는 완전히 다른 곳으로 굴러가게 된다. 아주 작은 눈금이 눈앞에 그려져 있는 것처럼 이리저리 조금씩 각도를 재 가며 공이 굴러가는 방향을 익혀야 한다. 머릿속에서 사정없이 굴러다니는 공들의 각도를 조금씩 틀어 본다. 각도를 틀면 생각이 굴러가는 방향도 달라질 거다. 미처 생각지 못했던 섬세함을 동원해 구멍 안에 집어넣는다. 잡동사니처럼 굴러다니던 생각들이 명쾌히 해소되어 홀연히 자취를 감추도록.

이름

　기준의 잣대는 우리가 설정한 값일 뿐이다. 붉은색 장미를 보고 모두가 붉다고 말하지만, 그 사람이 보는 붉은색과 내가 보는 붉은색이 같은 색깔일까, 하는 의문이 들 때가 있다. 각자 눈으로 보는 색깔이 다르더라도 그것의 이름만 같다면 문제가 되지 않는다. 그 이름이라는 건 뭘까. 우리가 지칭하기 편하기 위해 만든 것이 이름이다. 이름은 그 존재의 가치를 내포한다. 사람과 돈을 예로 들면 그것은 실제로 사람과 돈이라는 것이 아닌, 그저 사람이라는 가치를 담은 이름으로 불리는 것과 돈이라는 가치를 담은 이름으로 불리는 것이다. 동물들은 서로를 지칭하지 않는다. 동물에게 '사람'이란 존중받을 가치의 존재도 아니며, '돈'도 벌고 아껴야 하는 가치를 지니지 않았다. 우리 사람만이 그런다. 만약 사람을 의자라고 부르며, 돈을 컵이라고 지칭했다면 의자와 컵, 이 두 단어가 내포하는 가치가 달라졌을 거다. 우리는 이름을 들으면 그 이름에서 느껴지는 가치가 있다. 누군가의 이름을 들으면 그 사람의 직업, 나이, 성격이 함께 떠오른다. 자연스레 가치를 매긴다. 이름

은 그 존재의 가치를 매기기 쉽게 도와주는 표가 된다. 그래서 나
는 내 이름에 의문이 든다. 이름이 나의 존재를 가치 매기며 나를
가두는 틀이라고 느껴진다. 가끔은 사람들이 생각하는 내 이름에
걸맞은 사람이 되려고 한다. 모두를 부르는 호칭이 만약 같았다면,
무언가 많이 달라지지 않았을까. 사람에게 불리는 지칭에서 벗어
나서 모든 것을 동일시 본다면, 어떠한 이름에서 느끼는 당연한 기
준과 잣대가 사라지지 않을까.

아이스크림

가끔은 아무리 내 마음이래도 내가 타이르기 어려울 때가 있다. 아무리 이런저런 고운 말을 해 봐도 갓난아이처럼 이해하지 못하고 그저 울기만 한다. 그럴 때면 달래지지 않는 이 아이를 누군가 슬며시 껴안고 어디론가 나가줬으면 좋겠다. 하지만 내 아이를 타인에게 맡기기란 쉽지 않다. 누군가 돌봐 준다고 하여도 마음이 편치 않다. 내가 어릴 때 외할아버지께서는 엄마 아빠 몰래 토라진 나를 데리고 동네 슈퍼에 가곤 하셨다. 깜깜한 저녁, 내 손에 쥐어진 아이스크림 하나가 그렇게 빛나 보일 수가 없었다. 집으로 돌아올 때 내 기분은 언제 그랬냐는 듯 금세 멀쩡해졌다. 다 큰 나는 여전히 토라진 마음을 달래 줄 때면 외할아버지가 그랬던 것처럼 우선 나를 밖으로 데리고 나간다. 그리곤 아이스크림을 하나 사서 그 한 개를 다 먹을 때까지 동네를 돌아다닌다. 깜깜한 저녁에 보호자 없이 혼자 걸어 다닐 수 있는 어른이 되었지만 기분을 달래 주는 방법은 다름이 없음을 느낀다. 어른이 된다는 건 울적한 아이에게 엄마 아빠 몰래 아이스크림을 사 주던 외할아버지가 사라지는 일일까. 곁에 외할아버지는 더 이상 계시지 않지만 이제는 다 큰 내가, 어린 나를 달래 준다.

비슷한 삶

사람은 본인과 비슷한 걸 좋아한다. 부드러운 사람은 본인처럼 부드러운 것을 그려내고 따뜻한 사람은 따뜻한 것을 사진으로 담는다. 그래서 사랑하는 사람을 보면 나와 닮은 구석이 있고, 세상에서 나를 제일 닮은 자식을 사랑한다. 누군가를 흠집 잡아 깎아내리는 사람은 본인에게 흠이 많다는 것을 알려 주는 것이고, 사람의 계급을 나누는 사람은 본인이 저 아래 있다는 걸 알려 주는 것이다. 그래서 항상 화를 내는 할아버지의 얼굴은 평상시에도 인상이 찌푸려져 있고, 과묵한 교장 선생님은 입꼬리가 저 아래로 내려가 있다. 나는 무슨 그림을 그리는가. 어떤 사진을 담고, 어떤 말을 내뱉으며 무슨 표정을 짓고 있는가. 그 모든 것은 나를 담고 있다. 나는 나와 비슷한 삶을 살아간다.

주관

그래서 네 생각이 어떻냐 묻는다면, 나는 할 말이 없다. 사람들은 말로 확실하기를 원한다. 그래서 기분이 좋다는 건지, 나쁘다는 건지. 하고 싶다는 건지, 하기 싫다는 건지. 중간 없이 양자택일을 제시한다. 그러나 가끔은 생각도 기분도 여러 개일 때가 있다. 그러나 이 여러 가지의 기분을 전부 설명하자면 나는 이상한 사람이 되고 만다. 세상은 확실하게 한 가지를 표현하지 않으면 주관이 없다고 한다. 하지만 내 견해는 조금 다르다. 이건 주관이 없는 게 아니라 주관이 아주 많을 뿐이다. 생각이 많은 것을 생각이 아니라고 할 수 없고, 여러 감정이 들면 그 전부도 진짜 감정이니까 말이다.

굽은 선

직선은 언제나 무뚝뚝하다. 면접을 보거나 중요한 미팅 자리같이 흐트러지면 안 되는 곳에선 각이 잘 잡혀 있는 옷을 차려입는다. 사람 어깨가 원래 직각 모양인가 착각이 들 정도로 반듯하고 곧은 직선 천지다. 직선은 가끔 베일 것같이 날카롭게 느껴지기도 한다. 길도 직선 모양으로 뻗은 골목은 무뚝뚝하다. 저 멀리서 걸어오는 사람과 점점 거리가 좁혀질 때면 왠지 모르게 긴장이 된다. 그래서 곡선의 모퉁이가 더 좋다. 저 둥근 모퉁이를 돌면 과연 어떤 광경이 펼쳐져 있을까, 괜히 두근거린다. 불어오는 바람결 따라 살랑이는 곡선들 천지인 치맛단은 마음도 같이 살랑이게 만든다. 그래서 곡선이 가득한 얼굴은 위험하다. 직선이던 눈과 입술이 부드럽게 곡선을 그릴 때면 그 미소는 돌기 직전의 모퉁이처럼 두근거림을 주고, 바람결에 닿은 치맛단처럼 마음을 살랑이게 만든다. 곡선은 언제나 부드러우며 그 선을 따라가고 싶게 만든다.

낙

　　팔에 깁스를 한 채로 한 달을 지내다가 그 깁스를 풀고 나면 커다란 해방감과 자유를 얻는다. 그냥 식탁에 놓여 있던 물 한 컵을 마시는 것과 운동장을 다섯 바퀴 돌고 난 후 집으로 돌아와 마시는 물 한 컵은 다른 맛이다. 그렇다고 팔이 더 쓰기 좋게 유연해지거나, 그 물의 맛이 실질적으로 변한 건 아니다. 고생 끝에 낙이 온다고들 말하지만, 기쁨은 언제나 있다. 고생이 없으면 기쁨을 제대로 음미하지 못한다고 생각하는 건 고통과 고생에 익숙해짐을 넘어서 중독되었기 때문이다. 평소 건강하게 움직이는 팔을 보며 자유롭다고 생각하지 않았겠지만, 이 팔은 깁스가 필요 없는 그 자체의 자유를 언제나 만끽하고 있었다. 평온한 집 안에서 마시는 물 한 컵도 기쁨이며, 달리기를 한 후에 마시는 물 한 컵도 기쁨이다. 쓴맛 뒤에 찾아오는 강렬한 단맛에 중독된다면, 일상에서 누리는 단맛은 사소하다고 여겨질 수 있어서 위험하다. 나는 모든 것을 가만히 음미한다. 건강히 일상 속의 단맛을 찾아낸다. 나는 언제나 자유와 기쁨과 함께한다.

초대받지 않은 손님

종종 나는 이 세상과의 이질감을 느낀다. 세상이 내가 기대하는 만큼 나를 환대해 주지 않는 것 같을 때 불공평하다는 생각이 든다. 초대되지 않은 파티장에 와 있는 기분이 든달까. 남들은 음식과 공연을 잘 즐기며 자기들끼리 한껏 고개를 들고 무리 지어 대화를 나누는데, 이곳에 적응하지 못하고 두리번거리는 나 자신이 불공평한 느낌. 그런 불공평을 계속 느낄수록 수치심은 더욱 커져 간다. 나는 이곳에 어울릴 자격이 없다는 자책에서 나오는 수치심. 그러나 내가 초대받지 않았다는 사실은 그 누구도 모른다. 그러니 아무렇지 않다는 소신만 가지고 있다면 불공평함도 수치스러움도 느낄 필요가 없다. 이 파티에서 나를 이질적으로 바라보는 건 나뿐일지도 모르겠다. 이젠 세상이 나를 환대해 주지 않아도 상관없다. 내 발이 이곳에 딛어진 이상, 나는 그저 파티에 초대된 사람처럼 이곳을 마음껏 즐기다가 갈 심산이다.

환기

전에 급하게 사무실을 구한 적이 있었다. 시간이 많이 없던 탓에 아주 좋은 곳을 찾지는 못했지만 나름 괜찮고 저렴한 값의 공간을 구했었다. 혼자 사용하기에 아주 좁지도 않고 짐을 쌓아 둘 수도 있어 만족스러웠는데, 단점이 하나 있다면 복도 내부에 위치해서 창문이 없었다는 것이다. 처음엔 이곳에서 티타임을 즐길 것도 아니고 일만 하면 되니 괜찮다고 생각했다. 계약 기간이 삼 개월뿐이었는데, 이주도 안 지난 시점에서 창문이 없음의 답답함은 큰 스트레스로 다가왔다. 창문 하나 없다는 게 사람을 이렇게 숨막히게 하는 것이었나? 쌓아 둔 짐 위에 한 겹 더 쌓인 먼지들을 보니 전부 내 코로 들어올 것만 같았다. 마음이 건조해졌다. 먼지들을 뒤로한 채 사무실에서 나와 복도 중간에 있는 공용 휴게실에 앉았다. 옆에 있는 큰 창문에서 바람이 불었다. 콧속에 껴 있던 먼지들이 어딘가로 불어 간 듯 숨이 탁 트였다. 시원한 바람이 마음속까지 도달하니 이 안에 쌓여 있던 먼지들도 간들간들 날아간다. 답답할 땐 나가서 바람 한 번 쐬고 오라는 말이 이래서 나온 거구나 싶었다. 바람이 마음을 환기해 준다. 답답하게 가라앉아 있던 것들을 저 멀리 시원하게 날려 보내 준다.

천천히 식히기

화와 분노로 마음이 시끄러워질 때면 뭔가 큰소리를 내고 싶어진다. 발걸음에 힘을 실어 쿵쿵대며 걷는다던가, 괜히 나갈 때 문을 쾅 하고 닫는다던가, 주먹으로 책상을 한 번 내리치는 등 말이다. 내면에서 분노가 일 땐 심장이 빠르고 시끄럽게 쿵쿵대는데 이건 마치 오케스트라의 연주곡을 듣다가 점점 빠른 음률로 전개되면서 클라이맥스로 치달을 때쯤에 저도 모르게 심장 박동이 음악과 함께 요동치며 벅차오르는 것과 아주 비슷하다. 마음이 큰소리를 내고 있을 때 어딘가에 화를 표출하면 감정이 더 빨리 풀어질 것 같지만 사실은 그렇지 않다. 클라이맥스로 치닫는 연주에 악기를 하나 더 얹어 소리를 더욱 고조시키는 일일 뿐이다. 고조되는 박동을 진정시키고 싶을 땐 숨을 길게, 그리고 천천히 내뱉어 보자. 느린 선율이 마음을 차분하게 만들어 주는 것처럼 느린 심호흡이 가빠진 감정에 바람을 빼내어 진정시켜 줄 테니까.

오래달리기

체력이 바닥난 채로 잠자리에 눕는다. 눈을 막 감은 순간은 방아쇠를 당기는 신호탄이 되었다. 저 멀리까지 총성이 울려 퍼지자 대기선에서 자세 잡고 있던 선수들이 달리기를 시작하듯, 온갖 생각들이 앞다투며 달려 나온다. 분명 손가락 하나 까딱하기 싫을 정도로 체력이 바닥났다고 생각했는데, 이 정신의 체력은 아직 팔팔한 걸까. 100m 달리기 정도로 생각하고 이 생각들의 경주가 끝날 때까지 기다렸는데 웬걸, 거의 40분이 넘었는데도 여전히 달리기 중이다. 아무것도 안 하고 눈 감은 채로 40분의 시간을 보낸다는 건, 머릿속으로 거의 다음 생까지 살고 온 거나 다름이 없다. 어기서 눈 뜨면 지는 거나 다름이 없다. 내 정신적 체력이 아직 남아도는 것 같을 때면 더 힘들게 달리기를 시킨다. 선수들이 지쳐서 쓰러질 때까지 사고회로를 막 돌리다 보면 결국 탈진해서 쓰러지는 것처럼 내가 무슨 생각을 하고 있었는지도 모르게 잠들어 버린다. 학창 시절에나 하던 오래달리기 경주를 나는 밤마다 머릿속에서 한다.

잠자리

나는 가끔 감정이 없는 것이 되곤 한다. 감정이 있는 것들은 지쳐 보이니까. 한 사람의 속을 들여다보면, 몸무게보다 마음의 무게가 훨씬 많이 나간다는 걸 짐작할 수 있다. 마음은 생각과 감정과 기억이 사는 곳이다. 살아갈수록 많은 것들이 지방층처럼 쌓여 두꺼워진다. 왜 그렇게 무겁게 찌기만 하는 걸까. 가끔은 뚝 떼어놓고 싶다. 하지만 잠자리에게서 날개를 떼면 잠자리가 아니듯, 우리에게선 마음을 떼어놓을 수 없다. 하늘을 보고, 꽃을 보고, 산을 보고, 물을 보면 마음에 평화가 찾아온다. 왜 그런 걸까. 자연은 우리에게 어떻게 평화를 가져다주는 걸까. 아마도 그것들은 쌓인 마음이 없어서 그런가 보다. 사람은 감정이 있는 것에 자신을 대입한다. 그것에 본인을 투영시켜 연민과 동정을 느끼고 공감한다. 그러나 자연은 감정이 없어 우리가 공감할 수 없다. 공감하지 않아도 된다. 그래서 보고 있으면 감정을 쓰지 않는다. 그렇게 감정을 쓰지 않게 해 줌으로써 평화를 가져다준다. 이게 이치였나 보다. 평화는 감정을 쓰지 않을 때 비로소 맞이할 수 있다.

살다가 감정이 너무 두꺼워져 지칠 때면 나는 자연이 된다. 마음이 없어 가벼이 날아다니는 한 마리의 잠자리가 된다. 다른 시선이 되어 세상을 바라보면 평화가 찾아온다. 이 평화가 오래 지속될 수 있느냐 아니냐는 내가 마음먹기에 달렸다. 희로애락을 느끼고 싶을 땐 사람으로 살아가지만, 삶이 힘들 땐 잠자리로 변신한다. 가벼운 마음이 된다.

한 모금

고구마를 먹을 땐 옆에 마실 걸 꼭 구비해 둔다. 예전에 오기인지 뭔지 모를 마음으로 물 없이 고구마 한 개를 다 먹어 보겠다고 시도한 적이 있다. 그 이상한 심산 때문에 하루 종일 가슴 위쪽이 답답했었다. 고구마는 메마르다. 퍽퍽하게 메말라서 물 없이는 삼켜 내기가 어렵다. 내 식도에 있는 물기를 다 앗아가 나를 숨 막히게 한다. 가슴팍을 주먹으로 내리쳐 봐도 이 답답함은 쉽게 내려가지 않는다. 가끔 삶은 너무나도 퍽퍽해 내 하루의 물기를 바짝 앗아간다. 덕분에 메말라져 버린 삶은 그대로 가슴에 얹혀 나를 답답하게 만든다. 촉촉함 없는 메마른 하루는 어떤 것을 제대로 삼켜 내기도, 소화해 내기도 어렵다. 나는 그저 물 한 모금이 간절히 필요할 뿐이다.

장마

이번 주부터 장마가 시작되었다. 잿빛 아스팔트 위에 잿빛 하늘, 그 사이를 걷고 있다. 마치 하늘과 땅의 경계가 없는 세상의 중심 어딘가에 서 있는 오묘한 기분이다. 하루 종일 흐리멍덩하게 어두워서 아침과 저녁도 잘 구분되지 않는다. 그래서인지 세상마저 저녁이라고 착각한 듯 길거리는 새벽녘 못지않게 차분하다. 비가 내리는 소리인지 누군가 걷는 발소리인지 구분 안 되는 축축한 소리로 온통 그득하다. 빗물을 머금은 나뭇잎도 무겁게 고개를 축 늘어트렸다. 빗방울이 내 가슴속까지 튀는 건지, 덩달아 마음도 물을 머금고 축 처졌다. 마음도 고개를 숙였지만 그다지 무겁게 느껴지진 않는다. 한결 차분해진 기분이다. 그에 비해 쨍쨍한 날씨는 가끔 피곤하게 군다. 7살 어린아이 마냥, 쉬고 싶은 나를 가만두지 못해 결국 그에 맞게 놀아줘야만 한결 잠잠해진다. 비 오는 날은 다들 달가워하지 않지만 애써 기분을 밝게 비추지 않아도 돼서 편안하다. 조금 더 어른스럽달까. 적막하지만 왠지 모르게 온화함이 느껴진다. 그 온화함은 친절하게 다가와 나를 더욱 편안하게 해 준다. 내리는 빗방울들이 달갑다.

짐

마음이 무거운 사람은 발걸음이 무겁다. 양쪽 발목에 죄수들이나 하는 무거운 쇠고랑을 찬 것처럼 걸음걸이가 시원치가 않다. 태어나서 무슨 죄를 지었다고 세상은 자꾸만 사람들의 마음을, 다리를 무겁게 만드는 걸까. 땅에서 한 걸음 떼기가 벅차다. 벅찬 다리를 들여다보자니 고개도 자꾸만 아래로 향한다. 마음의 짐이 덜어지면 발걸음이 가벼워진다. 자연스럽게 고개도 위로 들린다. 마치 천사같이 하늘 위로 훨훨 날아가는 모양새가 된다. 아마도 마음이 텅 비워지면 이 땅에서 미련 없이 위로 가벼이 날아가 버릴까 봐서, 이 땅에 두 발 딱 붙이고 꾹 눌어붙어 살라고 우리를 무겁게 만드는 것 같다. 약간의 짐은 있어야 할 자리에서 멀리 떠나지 않도록 붙잡아 두는 역할을 해 주는 걸까.

겨울

12월은 따뜻한 계절이다. 예전에는 골목마다 떡볶이집이 많았다. 어머니께서는 일을 끝마치고 집에 돌아오시는 길에 분식을 사 들고 오시곤 했다. 흐물흐물한 검은 봉지를 받아 들면 마음이 한껏 물러졌다. 골목마다 붕어빵 마차도 많았다. 그 붕어빵을 작은 손난로 삼아 양손으로 감싸 쥐고 먹곤 한다. 길거리에도, 집안에도 크리스마스를 위해 달아 놓은 전구가 여기저기서 반짝거린다. 깜빡이는 전구를 엄지와 검지로 살짝 잡으면 뜨겁게 달궈진 열기가 느껴진다. 겨울엔 모두가 꽁꽁 언 듯 보인다. 사실은 호, 하고 부는 그 입김 한 번에 허물어지는 마음들이다. 실은 어느 때보다 온기로 가득 찬 12월이다.

이다음

　고질적인 수족냉증 때문에 추위를 싫어한다. 웬만하면 날씨가 추워졌을 때 외출을 삼가려고 하는데 그래도 나가야 할 때면 바람과 맞닿는 곳을 빈틈없이 차단한다. 그러나 아무리 가리려고 해도 가리기 어려운 곳이 있는데, 바로 코다. 찬바람에 계속 노출되어 있다 보면 감각이 없는 듯 코끝이 마비된다. 눈물이 찡하지만, 추위는 피할 수 없다. 괜히 내 코가 원망스러워질 때면 하나의 믿음을 되뇐다. 겨울은 어차피 지나갈 거라고. 비록 지금은 눈물 나게 춥지만 두 달 뒤면 괜찮아질 테니까. 지속되지 않는다는 사실을 되뇐다. 지금을 견디기만 한다면 따뜻함이 나를 맞이할 거라는 믿음을 크게 키운다. 그러다 보면 이 추위가 지나는 게 살짝 아쉬워지기도 한다. 세상의 모든 것은 맞닿아 있다. 추운 겨울은 따뜻한 봄과, 만남은 이별과, 빛은 어두움과 맞닿아 있다. 영영 지속되는 것은 없다. 그래서 나는 믿는다. 그 힘듦도 슬픔도 쓰라린 추움도 꼭 지나가고 말 것이라고. 헛된 믿음이 아니기에 감히 봄이 오리라는 것을 장담할 수 있다.

서로에게
잊히며,
그리고
기억하며

문득 그런 생각이 들었다. 지금 이 순간도 결국 언젠가 그 누구도 기억하지 못할 순간들이 될 거라고. 축하에 가슴이 북받쳐 오르던 어느 날의 졸업식도, 없으면 안 될 것 같았던 사람과 이별하던 그날도, 지나간 시간은 매일매일 기억 속에서 조금씩 흐려져 가고 있다. 그렇게 우리는 누군가를 매일 잊는다. 그리고 누군가의 기억 속에 존재하는 나 또한 잊혀 간다. 결국 잊힐 기억들이지만 나는 가슴속 깊은 곳에서부터 삶에 대한 사랑인지 애착인지 모를 것이 확 불타오르는 것 같다. 내 힘이 닿는 한 조금이라도 누군가를 더 기억하며, 누군가에게 기억되며 살아가고 싶다. 오래도록 남으려면 어떻게 해야 할까.

사람은 습관을 쉽게 거스르지 못한다. 어떤 상황에 처했을 때 반사적으로 나오는 말이나 행동은 내가 살아온 삶에서 비롯된 습관이다. 그래서 노력한다. 어떤 극한의 상황에서 나를 더 극한으로 내몰지 않으려면 평소에 행복을, 긍정을 하나의 습관으로 만들어 보자고.

길이 없던 무성한 갈대밭도 발걸음이 한곳으로 자주 드나들다 보면 발자국들로 인해 그 속에 하나의 길이 만들어지곤 한다. 이처럼 긍정이 기반이 되려면 우리가 기억하는 행복 속을 자주 드나들어 길을 만들면 된다. 그러면 발자국이 깊이 남아 시간이 흘러도 그 기억을 잊지 않을 수 있다. 혹여 누군가 내게 상처가 될 만한 안 좋은 기억을 남겼더라도, 좋은 기억 쪽으로 걸음을 옮기면 된다. 상처의 길을 거닐면 그곳의 발자취는 더욱더 깊어진다. 아픈 기억을 파낼수록 아픔이 깊어지는 것이다. 어떤 기억속을 거닐 것인지 선택하는 건 우리의 몫이다. 되새기는 것들은 시간이 지날수록 한층 더 선명해진다는 걸 알았으니 나를 행복하게 하는 그곳을 습관적으로 드나들어 행복의 길을 만들자. 아픔의 장마가 쏟아지고 고통의 안개가 끼어 앞이 보이지 않는 어둠속에 갇힐 때기 온다면 바로 그때가 내가 만든 길이 빛을 발할 때이다. 평소의 습관이 어둠 속에서 희망을 선택하는 일을 한결 쉽게 만들 테니까.

비슷한 의미에서 다른 누군가에게도 내가 되도록 좋은 기억으로 남기를 소망한다. 다른 이들에게 좋은 기억 한편으로 남아, 그들이 자신의 갈대밭에서 길을 잃고 주저앉았을 때 내가 남긴 기억이 그들의 길목을 짙게 만들어 나를 벗삼아 수월하게 희망을 트면 좋겠다. 서로가 서로에게 잊히지만 행복의 기억이 될 수 있게, 그렇게 기억하며 살고 싶다.

시들어 버리는 것까지 꽃이라고

1판 1쇄 인쇄 2023년 01월 20일
1판 1쇄 발행 2023년 01월 30일

지 은 이 황지현

발 행 인 정영욱
편집총괄 정해나
기획편집 라윤형
디 자 인 차유진

펴낸곳 (주)부크럼
전 화 070-5138-9971~3 (도서기획제작팀)
홈페이지 www.bookrum.co.kr
이메일 editor@bookrum.co.kr
인스타그램 @bookrum.official
블로그 blog.naver.com/s2mfairy
포스트 post.naver.com/s2mfairy

ⓒ 황지현, 2023
ISBN 979-11-6214-434-3 (03800)